DREAMBOOKS★

DREAMBOOKS★

武當前生

무당전생

11

무당전생 11

초판 1쇄 인쇄 / 2016년 5월 20일
초판 1쇄 발행 / 2016년 5월 27일

지은이 / 정원

발행인 / 오영배
책임편집 / 편집부
펴낸 곳 / (주)삼양출판사 · 드림북스

주소 / 서울특별시 강북구 도봉로 173
대표 전화 / 02-980-2112 팩스 / 02-983-0660
편집부 전화 / 02-980-2116 팩스 / 02-983-8201
블로그 / blog.naver.com/dreambookss

등록번호 / 제9-00046호
등록일자 / 1999년 3월 11일

값 8,000원

ISBN 979-11-313-0614-7 (04810) / 979-11-313-0195-1 (세트)

* 지은이와 협의하에 인지는 생략합니다.
* 잘못된 책은 구입한 곳에서 바꾸어 드립니다.

이 도서의 국립중앙도서관 출판시도서목록(CIP)은 서지정보유통지원시스템홈페이지
(http://seoji.nl.go.kr)와 국가자료공동목록시스템(http://www.nl.go.kr/kolisnet)에서
이용하실 수 있습니다. (CIP제어번호: 2016012240)

武當前生

무당전생 11

정원 신무협 장편소설

ORIENTAL FANTASY STORY & ADVENTURE

dream books
드림북스

武當前生
무당전생

목차

第一章

유령출전(幽靈出戰)

사도련.

“흐응, 그래. 냄새를 맡았단 말이지?”

사도련주가 보고서를 읽어 내리면서 물었다.

“예.”

야율종이 부복한 채로 답했다.

“무림맹에선 딴 소식 없고?”

“금의상단을 설득하러 갈 생각이긴 한데, 아마 이번에도 무당신룡을 보낼 듯싶습니다.”

“하, 뭐만 하면 무당신룡. 무림맹 그놈들은 검존이 죽은 뒤에 뭐 하나 제대로 하는 것 없군.”

사도련주가 코웃음을 치며 대놓고 비웃었다.

"그나저나, 정파에 심어둔 첩보원이 제대로 일해 주고 있어. 설마하니 그런 자가 우리를 도와줄 줄이야."

"어쩔 수 없는 일이지 않나 싶습니다."

"하긴, 그건 그렇지."

야율종의 말에 사도련주는 고개를 주억거렸다. 그리곤 턱을 괸 채로, 생각에 잠겼다.

사도련주는 이렇게 자주 생각에 잠기곤 한다. 머릿속에 세운 계획을 정리하고, 수정하기 위해서다.

야율종은 그걸 알기에 방해하지 않았다. 사도련주의 사색을 방해했다가 목이 날아간 자가 여럿 있다.

일다경 정도 지났을까, 사도련주가 눈을 떴다.

"유령곡에게 도움될 수 있도록, 첩보원에 대해서 풀어."

"허억!"

야율종이 놀란 듯 눈을 동그랗게 떴다. 그리곤 조심스레 눈치를 보면서 물었다.

"저……정말로 괜찮겠습니까?"

사도련과 유령곡의 관계는 좀 애매하다. 나쁜 사이는 아니지만, 그렇다고 신뢰할 수 있는 관계는 아니다.

어디까지나 의뢰로만 이루어진 관계. 돈으로만 엮여 있다. 정말로 누구 하나 제대로 된 연결자가 없다.

솔직히 유령곡주가 누구인지도 잘 모른다. 그들은 이름 그대로 유령. 천하의 사도련주조차도 유령곡의 실체를 다 파악하지는 못했다.

확실한 걸 좋아하고 자신의 손 안에서 주변이 놀아나는 걸 좋아하는 성격인 사도련주이기에, 솔직히 말해서 불확실한 요소인 유령곡은 좋아하지 않는다.

"그래. 무당신룡 근처에 있을 거 아니야. 자칫 잘못해서 죽기라도 하면 곤란해. 놈은 아직 쓸 만하다."

"존명!"

* * *

유령곡, 이름만 무성한 장소.

우습게도 이름에 곡(谷)이 붙지만, 정말로 골짜기 같은 곳에 있는지는 아무도 모른다.

하지만 이 수수께끼의 계곡은 실제로 존재한다.

시커먼 어둠 속, 인기척 하나 느껴지지 않은 장소.

누군가가 모습을 드러내면서 쇠를 긁는 것처럼 불쾌한 목소리를 흘렸다.

"곡주님."

"……사도련주인가."

유령곡주가 눈을 떴다. 시퍼런 안광이 흘러나온다.

뇌령(腦靈)은 유령곡주의 눈을 보고, 속으로 흠칫 놀랐다. 언제 봐도 익숙해지지 않는 눈이다.

"예."

"보고."

유령곡주는 쓸데없는 이야기를 좋아하지 않는다. 유령곡 내에서도 과묵하고, 효율을 따지는 남자다.

사담을 늘어내면서, 괜히 쓸데없이 아부를 한다면 주저하지 않고 목을 벤다. 다행히 그것도 옛일이라 이제 그러는 자는 곡 내부에서도 단 한 명도 없다.

뇌령의 입에서 사도련에서 온 서신과, 무림맹의 사정, 그리고 목표인 무당신룡에 대해서 흘러나왔다.

무당신룡!

등장 이후로 온갖 폭풍의 핵이 되어 움직인 영웅이다.

그러나 유령곡 입장에선 '치욕' 그 자체였다.

유령곡은 최근 몇 십여 년 동안 결코 임무를 실패한 적이 없다. 아니, 솔직히 언제인지 기억을 못 할 정도다. 그만큼 완벽한 성사율을 자랑했다.

헌데 무당신룡이 그 성사율을 깨버렸다.

안 그래도 유령곡에는 암살 의뢰 실패 시, 몇 배로 의뢰금을 돌려 주는 것이 있다. 진양의 목에 걸린 금액이 상당히 컸던 지라, 이번에 꽤나 피해를 입었다.

"누구를 보냅니까?"

뇌령이 물었다.

"내가."

유령곡주가 주저하지 않고 답했다.

"곡주님이 말이십니까!"

뇌령은 경악을 금치 못하며 자기도 모르게 큰 목소리를 냈다. 유령들은 항상 고요하다. 감정의 절제도 대단하다. 그만큼 놀랐다는 의미다.

유령곡주는 웬만해선 나서지 않는다.

대부분 뇌령과 함께 암살 계획을 세우거나 인재를 고르는 등. 주로 유령곡의 운영에 대한 일만 한다.

허나 그렇다고 유령곡주가 강하지 않는다는 뜻은 아니었다. 애초에 곡주는 무공을 기초로 하여 온갖 암살 능력 등 종합적인 능력이 높아야 오를 수 있는 자리다.

다만, 지도자로서 할 일이 너무 많아서 나서지 않는 것뿐이었다.

"복수할 시간이다."

* * *

일 년에 가까운 시간 동안, 중원에선 소란이 끊이지 않았다. 주로 대부분이 마교도의 비명이었다.

"힘이, 힘이 곧 전부…… 캬아아악!"

관병의 창에 맞고 마교도가 비명을 흘리며 떨어져나갔다.

원래 마교도 대부분은 공동대전 때 패배하여 퇴각. 그대로 청해를 지나 신강으로 돌아갔다.

그러나 그때 신분을 숨기고 중원 곳곳에 숨은 자들이 있었다. 그들은 대부분 천마의 유언에 감격하거나 여러 영향을 받아 포교 활동에 힘썼다.

다만 얼마 지나지 않아 황궁의 개입이 시작됐고, 황제의 명령 하에 모든 관리들이 마교도 소탕에 힘썼다.

관리들 입장에선 공적을 세워 황제뿐만 아니라 중앙에도 얼굴이나 이름을 남길 수 있는 최고의 기회다.

그걸 놓칠 리가 없다. 그렇기에 더더욱 눈을 밝히며 마교도를 잡아 처형했다.

"죽여라!"

"아아악!"

강호, 아니 중원 전체에 피바람이 불었다. 백성들은 문을 닫고 어깨를 떨어댔다.

그래도 불행 중 다행인 건, 여태껏 마교의 터무니없는

교리로 온갖 악행을 하던 자들이 죽어가는 것이다.

허나 이런 마교 소탕은 좋은 면만 있지는 않았다. 상당한 부작용도 불렀다.

"저놈은 마교도가 분명해!"

현대 지구의 중세시대에 있었던 마녀 사냥처럼 터무니없는 일이 벌어지기도 했다.

미워하는 자가 있다면 그자를 마교도로 내몰아 관군을 이용해 죽여 버리는 경우도 있었다.

허나 그렇다고 멈출 수는 없었다. 실제로 마교의 교리에 영향을 받아 악인이 된 자들도 많았다.

그렇기에 관군은 일단 마교의 본거지 소탕이 다 끝나기 전까진 멈추지 않았다.

안휘.

진양은 마음 같아선 당장 무당파로 돌아가고 싶었다. 오랫동안 보지 못했던 가족들과 만나고 싶었다.

그렇지만 상황이 그렇지가 않다. 정사대전이 얼마 남지 않아 금의상단 관련 일부터 처리해야만 했다.

특히나 최근에는 마교도 소탕이 고속화되고 있어서, 괜한 시간을 날릴 수가 없었다. 얼마 전 열렸던 회의도 쓸데없는 의견을 무시하고, 결론을 냈다.

'정말이지, 영웅이란 게 좋은 것만은 아니란 말이야.'

전생 때 읽었던 무협지의 내용이 스치고 지나갔다.

옛날에는 그걸 읽으면서 '아! 나도 이렇게 되고 싶다!' 라면서 헛된 꿈을 꾼 적이 있었다.

자세하게 기억은 나지 않지만, 아마 그때 학업인가 뭔가로 지쳐있을 때로 기억한다.

그렇지만 정작 지금에 오니 전혀 아니다. 영웅이라곤 해도 사랑하는 사람들을 마음대로 만날 수 없지 않나.

하지만 또 그 사람들을 지키기 위해서 움직여야 하니 여러모로 골치도 아프고 가슴도 답답했다.

'무림맹주님께는 감사 인사를 해야겠는걸.'

아직까지도 수혜사태의 방식은 인정하지 않는다. 그건 상당히 오랜 시간이 흘러도 같을 것이다.

설사 어떤 고차원적인 깨달음을 얻는다고 해도, 무림맹주의 자기희생 방식은 좋아하지 않는다.

이상주의자라니. 상당한 현실주의자인 자신 입장에선 도저히 이해할 수 없었다. 그래서 그런지 가끔씩 의견 다툼도 하긴 한다. 물론 상대가 무림맹주다보니 그다지 길게 하지는 않았다. 대부분 양보하며 침묵했다.

'그렇지만, 싫어할 수는 없단 말이지.'

하나부터 열까지 신념 그 근본 자체는 전혀 맞지 않는

다. 너무나도 반대인 사람이다.

그렇지만 좋아할 수밖에 없는 사람이기도 하다.

'잠도 줄여가며, 주변의 부담을 지워주려고 하고 있어. 특히 내 어깨 위에 올라온 임무를…….'

솔직히 말해서 금의상단으로 가라고 해도 군말 없이 갈 것 같다. 그게 제일 효율적이고 이득이니까.

무림 영웅이 괜한 별호가 아니다. 자신의 존재 자체만으로도 외교적 도구로 이용된다.

그렇기 때문에 장로진들은 대부분 자신에게 무언가를 맡기려 한다. 그 제갈문조차도 어쩔 수 없다.

기분이 나쁠 만하지만, 그래도 현실적인 상황을 알다보니 그냥 넘어갔다.

솔직히 말해서, 자신 역시 이득을 취하고 있으니까. 공을 세우면 당연히 그만큼 무당파에도 돌아간다.

실제로 무당파의 위세는 팔파일방과 오대세가 중에서도 최고. 속가제자들이 끊임없이 이어졌다.

"부담이 된다면 언제든지 말씀해 주세요. 설사 장로진 모두가 반대한다고 해도, 당신이 원한다면 짐을 대신 받아 아무것도 시키지 않겠습니다. 당신께선 이미 너무나도 많은 일을 해 주셨어요."

"언제나 나사 빠진 이야기를 하시는군요."

"……네? 나사요?"

"말실수입니다."

수혜사태는 신념을 굽히지 않는다.

그게 설사 전쟁이 앞이라도

어쩔 수 없는 현실이 다가와도

보다 나은 이상과 세상을 위해서 노력하고 있다. 그 마음에 감동하여 그녀에 대한 인기도 최근엔 높다.

그렇지만 역시나 이상주의에는 치명적인 약점이 있다. 현실을 보지 못하다니, 효율적이지 못하다.

확실히 여기서 금의상단을 찾아가지 않겠다고 하고, 무당산으로 돌아간다면 편해지겠지.

오랫동안 보지 않았던 소중한 사람들을 보면 행복하겠지 — 그렇지만, 그러면 전쟁에 많은 피해가 간다.

당장은 행복할지 몰라도, 만약 정말로 금의상단이 사도련에 붙기라도 한다면 더 큰 피해를 부른다.

그걸 막기 위해서라도 자신이 가는 것이 맞다. 다른 사람이 가도 좋지만, 설득을 위해서라면 자신이 낫다.

이러한 사정을 알고, 이해하기에 이 욕심을 꾹 참는데 수혜사태는 항상 유혹을 한다.

그게 조금 짜증이 나면서도, 놀리는 게 아니라 진심으로 자신을 위해준다는 생각이 나니 한숨이 나왔다.

"어쩌면, 영웅은 맹주님이실지도 모르겠군요."

"……무당신룡, 절 놀리시는 건 아니겠지요? 이런 말 하기 뭐하지만, 전 그저 무능한 맹주일 뿐입니다."

수혜사태의 말에서는 진심이 느껴졌다.

그녀 자신도 나약하다는 걸 안다. 무공도 형편없고, 그렇다고 제갈문처럼 대단한 두뇌도 없다.

인맥도 그다지 넓은 편도 아니었다. 그리고 마음은 어찌나 약한지, 가까운 사람이 죽으면 눈물을 흘렸다.

"다만……."

"다만?"

"그저 좀 더 나은 세상을 — 그리고, 당신처럼 한 사람에게 모든 걸 맡기기 싫을 뿐입니다. 그뿐입니다."

피식.

웃음이 절로 나왔다.

"그 정도면 충분합니다."

* * *

다음날.

제갈문은 진양에게 백리선혜와 함께 면담을 요청했다.

'백리 소저까지……?'

모용중광이나 동예를 동석하고 싶다면 이해했을 것이다. 전자는 모용세가의 소가주고, 후자는 북해에서 온 조력자니까 말이다.

조금 의아한 생각이 들기는 했지만, 백리선혜에게 제갈문의 요청을 전해 주었다.

그러자 백리선혜는

"괜히 무림맹의 참모가 아니군요."

라고 혀를 차면서 동석에 승낙했다.

"안녕하십니까, 선선미호. 그간 바쁜 나머지 찾아뵙지 못했으나, 이렇게 얼굴을 맞대는 것도 오랜만이군요. 시간이 흘러도 그 미색은 여전하십니다."

"어머나. 지금 저보고 나이를 먹었다고 돌려서 험담하시는 건 아니겠지요?"

백리선혜가 부채로 입을 가리며 호호 하고 웃었다.

"두 분은 아는 사이십니까?"

중간에 있던 진양이 궁금한 듯이 물었다.

"예."

제갈문이 머리를 주억거렸다.

"호오."

진양이 의외란 듯 눈을 동그랗게 떴다.

'에휴.'

내심 진양이 질투해 주기를 기대했던 백리선혜는 속으로 한숨을 내신 뒤, 자세한 관계를 설명해 주었다.

"그다지 많지는 않지만, 무림맹은 예로부터 근근이 저희 선외루를 이용했답니다."

"오해하실 것 같아 미리 말씀드리지만, 술을 따르게 하려는 것이 아니라 정보 때문입니다."

제갈문이 능숙하게 백리선혜의 혀에 숨어져 있는 칼날을 흘리며 부가 설명을 덧붙였다.

그 대화를 들은 진양은 속으로 혀를 찼다. 속으로 구렁이를 키우는 부류의 사람만 있는 곳에 있으니 가슴이 답답하고 가시방석 위에 앉은 것 같은 느낌이었다.

서로 오고가는 말이 정중하고 예의바르긴 했지만, 잘 들어보면 독설이 숨어져있었다.

그걸 아예 모르면 모를까, 해석이 잘 되니 더더욱 이 자리에 있고 싶지 않았다.

"뭐, 사설은 이쯤하고……."

제갈문의 눈이 예리하게 변했다.

"선선미호 — 아니, 선외루주님께 단도직입적으로 묻겠습니다. 루주님께서는 정파입니까? 사파입니까?"

"전 그저 기녀일 뿐이옵니다."

백리선혜가 주저하지 않고 답했다.

그 말대로, 선외루는 정파도 사파도 아니다.

굳이 따지자면 기녀들이 있는 곳, 기루의 집합체다.

그렇다고 무림에 관여하지 않느냐면, 또 그것도 아니다. 선외루에 소속된 기녀 중 반은 무인이다.

강하냐, 라고 묻는다면 그 답은 애매하다. 대부분이 미용을 위해서 익히고 있던 것뿐이었다.

참고로 요즘 같이 전쟁을 앞둔 때에 정파도 사파도 아닌 중립이라고 말할 경우 몰매를 맞고도 남는다.

특히 지원 병력을 모으는 데 혈안이 되어있는 정파의 경우, 상당한 압박을 가하기도 했다.

무림맹주인 수혜사태는 평화적인 방법으로, 그리고 대화와 설득으로 데려오라 하지만 마음대로 되는 것이 아니다.

수혜사태가 정말로 부처라도 되지 않는 이상, 무림맹 전체를 일일이 보고 확인하는 건 불가능하다.

그러다보니 공에 눈이 먼 자들 중 몇몇은, 이렇게 거친 방식으로 데려오기도 한다.

아직 전쟁은 아니지만, 나중에 전시가 되면 지원 병력을 얼마나 데려왔느냐에 실적이 올라 후에 보상을 받으니까.

거칠기로 소문난 사파야 두말할 것도 없고.

단, 선외루의 경우는 좀 예외다. 워낙 덩치가 크다보니 섣불리 건드릴 수가 없다.

"전란의 시대에 중립을 외치시다니, 그게 어떠한 대답인지는 아시지 않습니까."

사실 정파 입장에서 중립은 그냥 가만히 두고 볼 수 없는 존재다. 자칫 잘못하여 적의 회유에 넘어갈 경우, 눈 뜬 채로 뒤통수 맞기에 알맞으니까.

"설마하니 무림맹의 참모님이나 되시는 분께서 절 협박하는 건 아니겠지요. 공자님, 소첩은 두렵나이다."

백리선혜가 대놓고 우는 척을 하면서 진양의 팔에 매달렸다.

"협박이라니, 큰일 날 말씀을 하십니다. 다만……."

제갈문의 입가가 슬쩍 씰룩이며 올라갔다.

"앞으로 무당신룡과는 동행하실 수 없을 겁니다."

"……쯧."

백리선혜가 올 것이 왔다는 얼굴로 혀를 찼다.

"북해는 그렇다 쳐도, 금의상단 관련 일은 아직 수뇌부밖에 알지 못하는 기밀입니다. 루주님의 경우, 무당신룡의 귀빈 입장이시다보니 말씀드렸으나…… 그 이후는 관계자가 아닌지라 어떻게 해드릴 수 없을 것 같군요."

제갈문의 매끄러운 혀에서 청산유수 같은 말솜씨가 흘러나왔다. 정말로 미안한 것 같은 어조와 표정, 그리고 몸짓까지 합해 완벽한 삼위일체를 이루었다.

북해야 애초에 백리선혜가 중간부터 동행하기도 했고, 하북지부장을 협박하여 허가를 받은 덕분이다.

그러나 금의상단으로 향하는 여행은 따라갈 수 없는 명분이 없다.

심지어 그걸 막으려는 사람이 다른 누구도 아닌 제갈세가, 그것도 정파 최고의 두뇌 제갈문이다.

똑똑한 것뿐만 아니라, 백리선혜조차도 속을 내다볼 수 없는 자인지라 상대하기가 무척 곤란했다.

'이 너구리가…….'

자신에게 독대를 요청한 게 아니라, 진양에게 말한 것부터 대충은 예상한 일이었다.

신경 쓰이는 남자의 앞에서, 그의 상관이나 다름없는 제갈문이 '넌 신뢰할 수 없다.'라고 말하면 당연히 신경이 쓰인다. 제갈문은 그걸 노리고 진양을 동석시켰다.

"안 그렇습니까, 무당신룡?"

"음……뭐, 무림맹 입장에서야……."

진양은 애매모호한 표정으로 긍정했다.

그동안 백리선혜에게 신세진 것도 있고, 북해에서 함께 지내 나름대로 친분도 상당히 쌓았다.

이제는 자기 사람이라 말해도 괜찮을 정도다.

하지만 그렇다고 지금 같은 상황에서 어떻게 감싸주거나 할 말은 없었다.

제갈문, 나아가 무림맹의 사정은 이해한다.

금의상단에 찾아가 대화할 일은 어쩌면 차후 운명이 결정될지도 모르는 일이다.

그런 일에 또 다른 정보 조직의 수장을 데려갈 수는 없는 일.

그것도 선외루는 가끔씩 정파와 사파에게 돈을 받고 정보를 제공해 주기도 해서 더더욱 믿을 수 없었다.

물론 진양이야 백리선혜를 믿는다. 하지만, 다른 사람 입장에선 그러지 못했다.

"……끄응."

마음 같아서는 정파로 이전하게도 말하고 싶었다. 허나 그렇게 선뜻 말할 수는 없었다.

'여기서 정파로 돌아간다면 어떻게 될지 몰라.'

기녀들은 무인이되, 무인이 아니다. 무공을 익혔지만 오직 그 목적이 미용이기 때문이었다.

만약 여기서 정파에 붙는다면, 자연스레 '무력'으로 변환하게 되고 다른 문파처럼 성향이 바뀐다.

사파가 그동안 기루를 선뜻 건들지 않고, 정당하게 돈으로 그녀들을 취했던 건 이러한 사정이라서 그렇다.

사파는 마교가 아니다.

힘이 있다고 아무 여자를 범하거나, 쾌락을 위해서 살인을 하거나, 돈을 빼앗는 등의 일은 하지 않는다.

그들에게도 명분이란 건 의외로 중요하다. 그렇지 않았다면 진작 마교와 함께 관부에게 척살 당했다.

"……후우, 어쩔 수 없군요. 동행에서 빠져야겠네요."

결국은 별수 없이 이번만큼은 물러나야했다.

아무리 사랑이 중요하다고 해도, 공과 사는 구별해야할 필요가 있다.

자신은 수많은 기녀들을 책임지는 자리에 있다. 아직 은퇴하지 않는 이상, 개개인의 감정을 조절해야만했다.

진양이 죽기 직전의 일이라거나 한다면 이야기가 좀 다르겠지만, 적어도 그건 아닌 것 같았다.

싸우러 가는 것이 아니라, 대화하러 가는 자리니까.

냉미려처럼 몇 십 년 동안 사랑하는 사람을 보지 못하고, 그 감정이 이어졌다면 모를까. 지금은 못 한다.

"그렇습니까."

제갈문이 살짝 아쉬워했으나, 금세 미련을 털어서 내려놓았다.

제갈문은 백리선혜에 대해서 나름 잘 안다. 무림맹 참모로서 그녀와 몇 번 거래한 적이 있었다.

그래서 백리선혜가 동행하는 걸 포기하고, 여전히 중립에 손을 올릴지 나름대로 예상하고 있었다. 다만 기대를 아예 하지 않은 것은 아닌지라 조금 아쉬웠다.

"이 일, 잊지 않도록 할게요."

백리선혜가 싱글벙글 웃으며 제갈문을 쳐다봤다.

얼굴이 웃고 있긴 한데, 어째 웃지 않는 것 같다.

"좀 봐주십시오."

제갈문이 쓴웃음을 흘렸다. 여자가 오뉴월에 한을 품으면 무섭다. 근데 그 여자가 선선미호면 답이 없다.

"너무 그렇게 참모님을 탓하지 마십시오, 백리 소저. 참모님께서도 다른 장로분들에게도 의견을 받아 어쩔 수 없었을 겁니다."

틀린 말은 아니다. 물론 이참에 선외루를 아군으로 만들고, 진양을 동석해서 은근히 압박을 가한 건 제갈문이기는 하다. 다만 백리선혜에 대한 이야기는 사절단이 도착 이후로 계속 거론됐다.

"그리고, 전 백리 소저를 믿어 의심치 않으니까요."

"공자님……."

백리선혜는 진양의 정이 가득한 목소리에 감격에 겨운 얼굴로 눈을 글썽였다.

평소처럼 짓궂거나 장난을 치지 않는 것이 아니라, 사랑하는 사람에게 믿는다는 말을 듣자 기분이 좋아졌다.

농담이 아니라 지금까지 살아오면서 이렇게까지 기쁜 말은 없었던 것 같았다.

"푸후후훗!"

밖으로 나오자, 소식을 들은 도연홍이 웃음을 터프렸다.

"누, 누님."

대놓고 시비를 거는 웃음소리에 모용중광이 기겁하면서 불렀으나, 이미 늦었다.

"어디서 멧돼지가 웃는 것 같은데."

백리선혜가 어디서 개가 짖는 표정으로 지나가듯이 중얼거렸다.

"뭐, 뭐라고요?"

누가 도연홍 아니랄까봐 금세 흥분했다. 처음에 도발한 건 자신인 주제에, 그녀가 더더욱 화를 냈다.

"지금 뭐라고 했어요?"

"어머나, 난 멧돼지가 웃는다고 했는걸요. 찔려요?"

"이이익!"

도연홍의 얼굴이 금세 시뻘겋게 물들었다.

"하아……."

또 다시 두 사람이 다투려고 하자 한숨이 절로 튀어나왔다. 언제 봐도 사이가 나쁘다.

"으음."

안휘에 온 이후, 백리선혜나 도연홍만큼이나 곁에서 떨어지지 않으려던 풍정국이 신음을 흘렸다.

"왜 그러십니까?"

참고로 풍정국 역시 도연홍에게 적의를 잔뜩 받은 적이 있었다. 처음에는 왜 그런가 싶었지만, 나중에 가서 그게 질투라는 걸 깨닫고 꽤 큰 충격을 받았다.

북해의 여인들은 가슴이 작은 사람이 없어, 성별 구분하는데 그다지 어렵지 않았다.

아무리 작다해도 봉긋하게 솟아오르기에, 바로 구분이 된다.

그러나 중원의 경우는 아니었다. 남녀노소 할 것 없이 다들 하나같이 풍정국을 여자로 받아들였다.

아니, 그냥 여자로 받아들인 수준이 아니라 풍정국에게 슬쩍 접근하여 고백한 남자도 수두룩했다.

지금이야 오해를 좀 풀긴 했지만, '남자라도 좋아!' 라면서 따라다니는 이들이 있어 좀 골치 아팠다.

"아, 대인. 별거 아닙니다. 중원과 북해의 여자들은 상당히 다르다고 했는데 — 그건 또 아닌 것 같아서 그렇습니다."

"아……그게."

백리선혜도 도연홍도 중원의 여자이긴 하지만, 북해의 여자들 못지않게 거칠다. 그녀들이 특이한 거다.

무림맹의 다른 여자들은 풍정국에게 쉽게 다가가지 못했다. 대부분 무당신룡과 친해 보이고, 또 북해에서 온 손님인지라 어찌할 줄 몰라 했다.

그러다보니 백리선혜와 도연홍이 중원의 여자라는 인식이 박혀버렸다.

"그건……."

진양이 오해를 풀려고 말하려고 할 때였다.

"양아."

"……어?"

언제 들어도 익숙하지만, 여기서 들릴 리가 없는 목소리가 귀를 파고들자 진양이 당황했다.

"사저?"

第二章

사저출두(師姐出頭)

시간을 거슬러 올라가 안휘에 막 도착할 때의 일.

진연은 불안감을 느끼게 됐다.

"아무래도 양이가 여기에 올 것 같지 않아."

"네?"

요즈음, 흉부가 한창 성장 중인지라 진연에게 눈에 띄지 않도록 붕대로 감고 다니는 소미가 되물었다.

"언니, 그건 또 무슨 소리이신가요?"

"으음."

진연은 뺨에 손바닥을 대고 곤란한 표정을 지었다.

"저 역시 궁금합니다, 사저."

서교도 의문이 깃든 눈으로 진연을 쳐다보았다.

그녀 역시 사범, 아니 사형을 오랫동안 보지 못해서 상당히 그리웠다. 그래서 나름대로 재회를 기대했다.

헌데 진연이 이렇게 말하니 신경을 안 쓸 수가 없다.

“저도요!”

진소도 눈을 반짝이면서 관심을 보였다.

“으으음, 양이와 술 마시기로 했는데…….”

진성이 불안한 듯, 신음을 흘렸다.

무룡관의 사형제들은 정마대전이 끝난 직후, 무당산에 남아서 수련에 힘쓰면서 지냈다. 두말할 것도 없이 정사대전을 위해서였다.

참고로 사형제들은 무당산으로 돌아온 이후로 인기 절정의 순간을 하루하루 느끼고 있었다.

처음엔 좀 뿌듯하긴 했었지만, 너무 과한 관심이 몰리자 부담스러워하면서 어쩔 줄 몰라 했다.

그때서야 진양이 왜 그렇게 부담스러워했는지 이해할 수 있었다.

어쨌거나 이러다보니 사형제들은 대부분 알고 지낸 사람들과만 놀았고, 그중에선 진연과 서교도 있었다.

또 진소가 진연과 급속도로 친해진 덕분에 자연스럽게 함께 어울리게 됐다.

"과연, 그렇군요."

진하가 무언가 떠올린 듯, 고개를 주억거렸다.

"하하, 역시나 똑똑하구나."

진륜이 부드럽게 미소지으며 진하의 머리를 쓰다듬었다. 이에 진하가 살짝 부끄러운 듯 얼굴을 붉혔다.

"잠깐만요, 대사형. 전 이제 아이가 아닌걸요."

"이런, 기분 나빴다면 미안하구나. 나도 모르게 버릇이 들었어."

진륜이 머쓱한 표정으로 머리를 긁적였다.

"……뭐, 사과할 필요는 없어요."

진하는 대사형이 정말로 미안한 표정을 짓자, 반대로 어색해 하면서 작게 툴툴거렸다. 상냥한 아이다.

"대사형, 저희에게도 좀 알려주십시오."

진성이 답답한 듯이 가슴을 가볍게 두들겼다.

"대사형!"

진소도 눈을 글썽이면서 진륜을 올려다봤다.

"후후."

진성과 진소가 마치 어미새에게 먹이를 달라는 것처럼 굴자, 그 모습이 귀여웠는지 진연이 쿡쿡 웃었다.

"뭐, 대단한 건 아니다."

진륜이 상냥한 어조로 가르쳐주었다.

관부의 마교 소탕이 가속화되고 있다. 정말로 전쟁이 언제 날지 모르는 순간이 왔다.

그렇다면 아무리 진양이 타지에 있었다곤 하지만, 상황이 여의치 않기 때문에 무당산으로 보내긴 힘들다.

그러니 안휘에 도착하면 보고 이후에도 분명 그에게 맡기려는 임무가 생길 것이라고 생각됐다.

"큥, 양이게만 너무 부담이 되는 건 아닌지."

진성이 이야기를 다 듣고 몹시 탐탁치 않아했다.

사제가 대단하다는 건 잘 알고 있다. 그리고 그가 없으면 수행할 수 없는 임무가 있다는 건도 이해한다.

진성이 눈치가 좀 없고, 머리가 나빠 보이긴 해도 완전히 바보는 아니다. 막 나가지는 않는다.

그래서 차마 무림맹을 대놓고 욕할 수는 없었지만, 그래도 그를 힘들게 하는 것이 신경 쓰였다.

머리로는 이해하지만, 마음은 들지 않는다. 딱 그 경우다.

"어쩔 수 없는 일이지."

진륜이 씁쓸하게 웃었다. 그 말에 다른 사형제들도 침울한 기색을 보였다.

"그렇지만."

진륜이 쓴 맛이 느껴지는 웃음을 지웠다. 그 대신에 부드러운 눈길로 주변을 스윽 둘러보며 말했다.

"무림맹주님께서 하신 말씀을 벌써 잊은 건 아니겠지?"

"아……."

"맹주님께선 지금도 한 사람에게, 두 사람에게 짐을 맡기지 않도록 노력하고 계시단다. 아니, 맹주님뿐만이 아니야. 우리도 마찬가지지."

무림맹주, 수혜사태는 말했다.

영웅이라고 그에게 모든 걸 맡겨서야 해서는 안 된다고. 세상을 바꾸려면, 자신들 스스로 일어나야 한다고.

지금 이 사회는 불합리하다. 그리고 그 불합리한 세상을 바꾸려고 각자 사명을 가지고 노력하고 있다.

덕분에 그 연설에 감명을 받은 은거기인들이 강호에 출두하고 있었고, 중립을 걷던 자도 길을 바꿨다.

확실히 어쩔 수 없는 일이다. 어쩔 수 없는 사회다.

그렇지만 그걸 보고 둘 생각은 없다. 어쩔 수 없는 경우를 바꾸기 위해서 무언가를 하고, 노력하고 있다.

그게 지금의 정파다.

확실히 예전과는 달랐다.

힘이 오직 전부인 세상이었다. 무력과 재력, 권력이 있다면 무엇이든지 할 수 있는 세상이었다.

인륜을 저지른 행위도, 다들 쉬쉬하면서도 뒤에서는 다들 하고 있었다.

그걸 천마가 증명하려고 정마대전을 일으켰다. 비록 방법은 잘못되었지만, 그 사실은 인정되었다.

전대 무림맹주, 검존 지무악은 그걸 전면적으로 부정했다. 그리고 무너지는 정도라는 '정의'를 지키기 위해서 — 또 증명하기 위해서 수혜사태에게 맹주직을 줬다.

처음의 우려와 달리 수혜사태는 무림맹주로서 열심히 일했고, 그 자기희생 방법은 수많은 사람들을 감동하게 만들었다. 그리고 얼마 전 연설로 모두를 열광시켰다.

한 사람, 두 사람에게 맡기지 말라.

영웅이 필요한 사회가 오지 않도록 바꿔라.

무공이 약하건 여자건 나이가 많건 적건 간에 상관없다. 충분히 누구나 바꿀 수 있는 힘이 존재한다.

수혜사태가 그걸 증명했다. 무공도 약하고, 이상주의자에, 아미파 내부에서도 그렇게까지 높지 않다.

게다가 여자인데다가 아직 오십 대도 되지 않았거늘 무림맹주의 자리에 있다. 전대인 지무악의 공적과 무력에 비교하면 정말 태양 앞에 반딧불이었다.

"존경할 수밖에 없는 사람이다."

"네, 맞아요."

진연도 머리를 끄덕이면서 긍정했다. 한 번도 본 적 없었지만 그 연설을 들었을 때 가슴속에서 무언가가 끓어올랐다. 사부인 청솔조차도 감탄을 흘렸다.

"그런 사람이 가까이에 있다면 피곤하겠지만요."

진하가 한숨을 푹 내쉬며 머리를 좌우로 흔들었다.

아미신녀라고 불리게 됐던 정마대전. 시산혈해 속에서 불경을 외우면서 장례를 치러준 활불.

그날, 진하도 근처에 있었다. 두 눈으로 직접 목격할 수 있었다.

확실히 정말로 존경하는 바이지만, 만약 수혜사태 같은 사람이 가까운 사람이었다면 뜯어 말렸을 것이다.

"그러니까, 너무 나쁘게 생각하지는 말거라. 그리고 그런 일이 없도록 우리가 노력하고 있지 않느냐."

"예, 대사형!"

진성은 감격에 겨운 표정으로 씩씩하게 답했다.

이 모습을 다른 사람들이 본다면 다들 진륜에 대해서 궁금해 하고, 고개를 갸웃거릴 것이다.

무룡관의 사형제들은 진륜을 제외하고 모두 이름이 높다. 정마대전에서 활약한 덕분이다.

허나 그에 비해 진륜은 강호에 출두한 적이 없다보니 알려지지 않을 수밖에 없었다.

물론 그렇다고 우습게 볼 수 있다는 건 아니다. 걸어 다니는 무당파의 비급서, 장서각주니까.

"음, 그래도 좀 아쉽긴 하구나. 연아, 네 마음을 이해 못 하는 건 아니지만…… 우리는 나중을 기약해야겠다."

진륜이 진연을 위로해줬다.

진륜은 장서각주라 애초에 무당파 외부로 나갈 수 없고, 진연은 무인이 아니니 전쟁에 참전할 수 없다.

"서교……도 그렇고."

진륜이 시선을 슬쩍 돌려 어색한 어조로 말했다.

"편히 불러주십시오, 대사형."

서교가 큰 눈을 껌뻑이면서 공손하게 답했고, 이에 진륜이 어쩔 줄 몰라 하며 그저 어색하게만 웃었다.

새로 들어와 막내가 된 서교와는 대화를 제법 나누긴 했지만, 역시나 신분이 신분인지라 좀 어색하다.

정작 장본인은 '사형의 대사형이시라면 저에게도 대사형입니다.'라곤 했지만, 아무리 그래도 스승이 다르기도 하고 여러모로 복잡해서 그럴 수가 없었다.

"양이도 차암, 이래서 덜 유명해지기를 원했는데."

진연은 눈썹을 살짝 구부리고, 눈웃음 지은 채로 한숨을 푹 내쉬었다.

그렇게, 모두가 '어쩔 수 없지~.'라는 느낌으로 다음을 기약하는 느낌이었으나, 진연이 폭탄선언을 했다.

"올 수 없다면 제가 가야겠네요."

"콜록, 콜록!"

진륜이 너무 놀라 사례를 들려 기침을 토해냈다. 다른 이들의 반응도 별반 다를 것이 없었다.

"노, 농담이시죠?"

소미가 기겁한 채로 물었다. 그러나 한편으로는 정말일지도 모른다는 생각에 얼굴에 불길함이 감돌았다.

"그, 그래. 넌 조리원주가 아니냐?"

비록 무인이 아니라고 해도, 무당의 주방을 맡고 있는 건 중대한 직책이다.

만나고 싶다고 만날 수 있는 자리가 아니다. 장문인이나 장로진들에게 허가를 받아야한다.

"이럴 줄 알고 소미에게 절 대신할 수 있도록 교육을 시켰죠."

"쿨럭!"

소미가 피를 토해내는 심정으로 기침을 내뱉었다.

"서, 설마……."

불길한 기억들이 머릿속에서 스치고 지나갔다.

소미는 일찍이 무당파의 시동으로 들어와, 조리원에 배정받아서 일했다.

진연이나 진양이 괜히 소미를 정말로 친동생처럼 여기는 게 아니다. 그동안 오랫동안 함께 해서 그렇다.

소미는 주로 청솔이나 진연 곁에서 차를 타거나, 혹은 청소를 하는 등의 일을 한다. 그런데 그 일이 그렇게까지 어려운 게 아니다.

일단 청솔 본인이 워낙 깔끔하게 지내는 편이고, 진연이나 진양도 스승을 따라 그런 편이었다.

그래서 소미의 할 일이 주로 뭐였냐면, 심부름하거나 — 혹은 조리원의 일. 숙수의 보좌를 하는 것이었다.

상당히 힘들긴 하지만 딱히 큰 불만은 없었다.

진연이 거칠게 대하는 것도 아니고, 수준급의 요리도 공짜로 알려주는 것이니 반대로 좋아하는 편이었다.

그래서 나름대로 열심히 공부까지 해가며 보좌했는데 정신을 차리고 보니 웬만한 숙수만큼 실력을 갖게 됐다.

"어, 언니! 설마! 설마아!"

설마하니, 진연은 이걸 노린 것이 아닐까?

진양의 비범함은 어릴 적부터 드러났다. 무룡관에 들어가고, 일정한 경지의 성취를 이뤄내고. 그리고 강호에 출두하면서 상당한 이름을 날렸다.

이후, 그녀의 머릿속에 언젠가 사제가 강호로 출두하여 너무 많은 일에 휘말려 오지 못할 것이라는 불안이 생겼다. 그가 찾아오지 못하면, 자신이 찾아가야한다.

헌데 청솔은 더 이상 제자를 받지 않을 것 같고, 후에 은

퇴한 스승에게 조리원주의 일을 맡길 수도 없었다.

그래서 선택한 건.

옛적부터 청솔의 시녀였으며, 조리원에 대해 사정이 밝은 사람. 그리고 요리도 할 줄 아는 유능한 사람.

그게 바로 소미였다.

"후후후. 그리고 전 무인으로서 출두하는 게 아닌걸요. 그저 무당파의 숙수로서, 새로 취임한 무림맹주님께 요리를 대접하고 싶어서 가는 것뿐이랍니다."

화사할 정도로 빛나는 그 미소에.

좌중에 있는 모두가 몸을 파르르 떨었다.

*　　*　　*

다시 시간을 되돌려 안휘, 무림맹.

"자네, 엊그제 온 귀빈에 대해서 들었는가?"

"아아, 무당신룡의 사저를 말하는 겐가?"

이틀 전, 진연의 방문에 무림맹이 다시 떠들썩해졌다.

사람들은 대부분 무당신룡의 하나뿐인 사저라는 말에 호기심을 보였다가, 그 미모를 보고 눈을 휘둥그렇게 뜨면서 경악했다.

전 무림의 관심을 받는 진양이다 보니 그에게 사저가 있다는 정도는 알고 있다.

허나 알고 있는 건 조리원주라는 점, 이십 대 후반 정도의 여인이라는 것 정도다.

애초에 무당파의 손님이 주방으로 들어갈 일 자체가 없으니 진연을 볼 기회가 있을 리가 없다.

그래서 존재만 알 뿐, 그렇게까지 관심은 없었다. 무당파 내부야 워낙 유명하지만, 그렇다고 다짜고짜 손님들에게 '조리원주님의 미모가 천하제일입니다.' 라고 뜬금없이 자랑할 수는 없는 노릇이었다.

어쨌거나, 갑작스런 진연의 방문에 대부분 사람들. 특히 남자들은 가슴을 부여잡고 잠을 이루지 못했다.

한편, 무림맹에선 때 아닌 잔치가 치러지고 있었다.

축하해 주기는 한참 늦었으나, 진연이 무림맹주 취임을 다시 한 번 축하한다며 한껏 솜씨를 부렸다.

일단 무림맹에 온 표면적인 이유가 있으니 그것부터 처리해야만 했다.

"꺼어어억!"

황개가 불룩 튀어나온 배를 매만지면서 만족스럽게 웃었다.

"정말 맛있게 먹었습니다."

수혜사태가 천으로 입가를 닦으면서 인사했다.

"어머나, 맹주님께 이렇게 칭찬해 주시다니…… 정말로 기쁘기 그지없네요."

진연이 소매로 입가를 가리곤 후후 하고 웃었다.

"저 같은 사람을 위해서 이렇게 먼 안휘까지 찾아와 요리를 대접해 주시다니, 다시 한 번 감사드립니다."

수혜사태가 무릎을 꿇은 채로 허리를 숙여 공손히 인사했다.

"맹주님."

옆에 있던 수화사태가 번개같이 반응하며 탐탁지 않은 표정을 지었다.

아무리 그래도 그렇지, 이렇게 저자세로 나온다면 무림맹주로서의 위엄이 살지 않는다.

"괜찮습니다. 당연히 해야 할 일인걸요."

수혜사태가 전혀 상관없다는 듯이 말했다. 그 목소리에서는 진심이 느껴졌다.

"안휘에 오신 걸 진심으로 환영하는 바입니다. 불편한 것이나 원하시는 것이 있다면 언제든지 말씀해 주세요."

"원하는 것……인가요."

진연이 눈을 살짝 가늘게 뜨며 옅게 웃었다.

"노골적이군요."

수화사태의 눈썹이 사납게 구부려졌다.

고민하지 않고, 마치 기다렸다는 듯이 대답을 해오자 더욱 마음에 들지 않았다.

"흘흘, 화끈하구먼."

황개가 재미있다는 듯이 웃었다.

"커흐흠!"

허나 황개만 마음에 들어 할 뿐, 그 외의 장로진들의 반응은 그다지 좋지만은 못했다.

특별히 진연이 싫다거나 마음에 들어 하지 않는 건 아니었다.

일단 무당신룡의 사저이기도 하고, 무림맹에 오자마자 진수성찬을 차려줬으니 반대로 좋게 봤다.

그러나 방금 전의 행동은 '네들이 먹은 건 일종의 뇌물이다.'라고 해석할 정도로 너무 노골적이었다.

"예의에 어긋나게 행동한 것에 대해선 머리 숙여 진심으로 사죄드리는 바입니다."

진연은 분위기가 험악하기 전에 사과에 나섰다.

"무당파의 제자로서 강호의 예법을 모르는 것은 아니오나, 실례를 무릅쓰고도 부탁할 일이 있어 이렇게 말씀드리는 바입니다."

"흠, 조리원주가 이렇게까지 나오니 어디 한 번 들어봅시다."

당거종이 말했다.

“허허, 뭐 그럴 수도 있지 않습니까.”

창허자가 평소 그답지 않게 헤벌쭉하게 웃었다.

“에잉, 쯧쯧.”

황개가 그런 창허자를 보고 혀를 찼다.

툭하면 반기를 들고, 삐뚤어져선 남을 헐뜯기 바쁜 양반이 미녀만 보면 사족을 못 쓴다. 참으로 한심했다.

“양이, 그러니까 저의 사제인 무당신룡이 이번에 임무를 위해서 금의상단으로 간다는 것을 듣게 됐습니다.”

“그걸 어디에서 들었죠?”

수화사태가 말이 끝나기 무섭게 끼어들어 따지듯이 물었다.

아직 그 임무에 대해선 아는 사람이 적다. 이제 막 무림맹에 온 진연이 알아서는 아니 될 정보였다.

“것 참, 그거야 무당신룡이지 누구겠소. 뭔 사람이 그렇게 날카롭소? 가만히 좀 있으시오.”

창허자가 차가운 눈초리로 수화사태를 힐끗 노려봤다.

“양이가 함부로 유출한 것은 아니니, 부디 오해가 없으면 합니다.”

진연이 얼른 나서서 해명에 나섰다. 자신으로 인해서 사랑스런 사제가 피해를 입기를 원하지 않았다.

“실로 오랜만에 만나는 사제의 근황이 걱정되는 바, 무리하게 물어본 제 잘못인걸요…… 흑!”

그녀는 소매로 눈물을 훔치는 시늉을 취했다.

“어허! 것 참, 사람이 그럴 수도 있지! 수화사태, 말이 좀 심한 거 아니요!”

창허자가 화를 내면서 수화사태에게 뭐라고 했다.

“허, 참.”

당거종과 황개가 어이없는 표정으로 창허자를 쳐다봤다. 이보다 더 노골적인 편애는 없었다.

‘뭐, 이해 못 하는 건 아니지.’

황개는 순간적으로 두근거렸던 가슴을 진정시키면서 속으로 한숨을 푹 내쉬었다.

아마 얼마 지나지 않는다면 무당제일미 등이라는 수식어가 붙으며 별호가 붙을 것이다.

진연의 미모는 그만큼 대단하였다. 이제 곧 노인이란 말이 어울리는 황개조차도 순간 혹할 뻔했다.

어머니를 연상시킬 정도로 자애로운 눈웃음, 사람을 절로 편안하게 해 주는 무언가. 그리고 옷을 입었음에도 티가 나는 특정 부위까지 — 부족할 것 하나 없었다.

열일곱에서 스물이 결혼 적령기인 무림 입장에서는 좀 흠이긴 했지만, 그것조차 용서해 줄 수 있었다.

"다들 진정하세요."

수혜사태가 쓴웃음을 흘리면서 상황을 정리했다.

"확실히 결례이긴 하지만, 조리원주님도 그걸 모르는 바가 아닌 것 같으니 넘어가도록 하지요. 분명 어떤 사정이 있었겠지요?"

"네에."

진연은 평소처럼 만면에 웃음을 가득한 얼굴로 고개를 주억거렸다.

"자세한 것까진 모르나, 들은 바에 의하면 양이는 금의상단에 싸우러 가는 것이 아니란 걸 들었습니다."

"네, 맞아요. 설득하러 가는 것입니다."

싸우러 가지 않는다는 부분에 수혜사태는 만족스러운 표정을 지었다.

설득이라는 임무가 결정됐으나, 장로진들 대부분은 아직까지 우려하는 목소리를 내곤 했다.

그렇지만 여기에서 제삼자가 나타나서 그걸 말해 주니 객관적으로 인정받는 기분이 들었다.

"그래서 말씀드리는 바입니다만…… 괜찮다면 저도 동행할 수 있겠습니까?"

"으음."

수혜사태의 입에서 침음이 흘러나왔다.

결정하기 어려운 안건이었다.

선외루주인 백리선혜와는 상황이 좀 다르다. 정파도 사파도 아닌지라 동행시킬 수 없지만, 진연은 아니다. 엄연히 정파인이고, 또 무당파의 조리원주가 아닌가.

여기서 믿을 수 없다고 하면 무림맹 입장에서 매우 난처하다. 대놓고 무당파를 신뢰하지 못하겠다고 말하는 것과 같았다.

"안 됩니다."

수화사태가 반대했다.

"허가할 수 없소."

또 다른 장로들 역시 거부했다.

"그건 좀…… 힘든 일이 아닐지."

수혜사태조차도 어쩔 줄 몰라 하면서 거절하는 쪽으로 나섰다.

"확실히 싸우러 가는 것이 아니라, 설득하러 가는 것이긴 합니다만……."

제갈문도 곤란한 듯 머리를 긁적였다.

일차적으로 대화하러 가는 것은 맞다. 그렇지만 잘못될 경우 싸움이 벌어질지도 모르는 일이다.

거기에다가 설상가상으로 진양은 유령곡에게까지 노림을 받고 있었다.

아니, 유령곡뿐만이 아니다. 사파 입장에선 무당신룡만큼 성가신 존재가 없다.

금의상단으로 가는 여정이 쉬울 리가 없다.

그런 위험 속에서 무인도 아닌 자를 보내기에는 걱정된다. 하물며 무당파의 조리원주를 보낼 수는 없다.

"무엇을 걱정하시는지는 알고 있습니다만…… 걱정하실 필요는 없습니다. 제가 비록 무인은 아니나, 그래도 이류 정도 되는 실력은 갖추고 있답니다. 또한 양이도 있고 맹에서 고수분들을 호위로 맞춰주지 않겠어요?"

"그렇게까지 신경 쓸 정도로 당신을 보낼 이유가 없습니다, 조리원주."

수화사태가 얼른 끼어들어서 날카롭게 지적했다.

"이런 말하기 뭐하지만, 전 중원에서 요리 실력만큼은 꽤나 자부하고 있답니다."

진연이 손을 가슴에 올려놓고 부드럽게 웃었다.

"흠, 과연."

황개가 이해한 듯 무릎을 탁 쳤다.

"확실히 이 요리라면 금의상단을 설득할 수도 있겠구려."

돌려 말하지 않고 툭 까놓고 말하자면, 설득에 요리까지 더하겠다는 의미였다.

그것도 숙수가 다름 아닌 무당파의 조리원주다.

조리원주는 돈을 준다고 불러들일 수 있는 사람이 아니다. 오직 무당파를 위해서만 요리를 한다.

"거기에다가 양이가 북해에서 재료까지 가져왔으니, 더더욱 먹혀 들 거구요."

금의상단주 정도 되면 북해의 요리는 먹을 수 있다.

그렇지만 무당파의 최고 숙수가 해 주는 요리는 먹을 수 없다.

맛있는 요리는 사람을 기분 좋게 한다. 그리고 돈으로 얻을 수 없는 요리는 더더욱 기분을 좋게 만든다.

진연이 아무런 대책도 없이 무작정 따라가겠다고 한 것이 아니다. 나름대로 생각을 하고 이 자리에 참석했다.

"무당일장께서는 허가하셨습니까?"

제갈문이 물었다.

"네에, 물론이지요."

진연이 생긋 웃었다.

물론 맨 처음에는 선극도 반대했다. 아니, 선극뿐만이 아니다. 사부를 포함해 장로들도 막으려고 나섰다.

정사대전이 얼마 남지 않았는데, 폭풍의 핵인 진양을 따라 나서겠단다. 허가하는 것이 이상하다.

그래서 갖은 수단을 이용했다.

일단 서교에게 설득하는 데 도와달라고 부탁했다. 서교는 장문인도 어려워하는 황족. 그 힘은 막강했다.

거기에 무림맹주 취임을 축하한다는 명분에, 조리원주를 대신할 소미까지 준비해서 문제없었다.

'그리고 술까지 더한다면…….'

무당파의 도사들은 술을 안 좋아하는 건 아니다. 다만 규율에 의해서 잘 마시지 못하는 것뿐이다.

술이 금기는 아니지만, 과하게 마시지 말라고 하니 한 잔에서 두 잔 정도로 제재된다.

근데 나이 좀 먹고, 지위도 좀 높아지면 제자들 몰래 마실 수 있다.

진연은 그 사실을 알고 있었기에, 어릴 적부터 치밀하게 준비해왔다.

조리원주의 직계 제자였던 덕분에 술을 담근 적도 있었고 손에도 쉽게 얻을 수 있어서 미리 꿍쳐 두었다.

사도련주와 비교해도 지지 않는 치밀한 계획!

"좋아요, 어쩔 수 없군요."

결국 수혜사태도 백기를 들었다. 배가 부른 이 포만감이 원망스러웠다.

第三章

연적배척(戀敵排斥)

“정말로 설득하셨군요.”

진양은 아파오는 골을 짚으면서 한숨을 내쉬었다.

얼마 전, 사저와의 재회에선 정말로 많이 놀랐다. 원래 무당파에서 나오지 말아야 할 사람이 나타났으니까.

전혀 상상도 하지 못한 상황에 입을 떡 벌릴 수밖에 없었다.

일단은 의문도 의문이지만 재회에 기쁘긴 했다.

무당산으로 돌아가지 않은 지도 제법 됐다. 가족들을 보고 싶었으나, 볼 수 없으니 아쉽고 쓸쓸하였다.

그런데 진연이 이렇게 직접 찾아오니, 한숨이 나오면서

도 순수하게 기뻐하면서 대화를 나누었다.

여기까지는 좋았으나, 금의상단 이야기가 화근이었다. 그녀는 이야기를 다 듣고 자신도 따라 나서겠다고 말했다.

당연하지만 진양도 기겁하면서 반대했다. 진연이 아무리 우주가 내린 천재라곤 해도, 무공을 관둔 지 너무 오랜 시간이 지났다. 데리고 가는 건 너무나도 위험하다.

"싸우러 가는 것이 아니잖아?"

진연은 무림맹 회의에서 장로진들을 설득했던 것처럼 기묘한 말솜씨로 진양 역시 넋을 잃게 만들었다.

아니, 솔직히 말하자면 말솜씨고 자시고 간에 진연이 이렇게까지 부탁하면 진양도 거부하기가 힘들다.

그래서 무림맹 수뇌부를 설득하면 함께 가겠다고 했는데, 결국은 정말로 설득해 버렸다.

"이게 얼마 만에 만난 건데 또 떨어져야 하다니, 이 사저의 기분도 생각해 주렴."

진연은 합장한 채로 싱글벙글 웃었다. 사제와 여행길에 오른다는 것에 진심으로 기뻐하는 것 같았다.

"그나저나, 양아."

진연이 여전히 웃는 얼굴로 사제를 부드럽게 불렀다.

"네?"

"저번에 봤던 분들이 누군지 알려 줄래?"

휘이이잉

바람이 불었다. 온 몸이 오싹해질 정도로의 차가운 바람이었다. 북해로 다시 돌아간 착각이 들 정도였다.

얼굴도 자세히 보니 미묘하게 다르다. 분명 웃고 있는 것 같긴 한데, 그늘이 졌다.

화경의 고수인 진양조차 그 묘한 압박과 위압에 압도되어 순간 목을 자라처럼 움츠렸다.

"아, 백리 소저와……."

"양아."

진연이 여전히 웃는 얼굴로 그의 말을 끊어버렸다.

"네?"

"백리 소저가 아니라, 선외루주님이지. 루주님은 강호의 선배잖니. 그렇게 함부로 부르면 못 써."

진연은 검지를 들어서 진양을 혼내는 어조로 말했다.

그 분위기는 분명 부드럽긴 한데, 뭔가 이상한 위화감이 느껴졌다. 그게 무척 신경 쓰였으나 진양은 일단은 머리를 끄덕이곤 사저의 말에 따랐다.

"아, 네. 선외루주님은……."

백리선혜와의 첫만남부터 시작해서 오늘날까지 비교적 자세히 설명했다. 원래는 대충 넘어가려 했는데, 진연이 이상할 정도로 자세하게 물어서 어쩔 수 없이 이야기보따리를 길게 풀어야했다.

"다른 한 분은?"

"아, 도연홍 누님을 말하시는군요."

"양아."

진연은 상냥하게 미소 지으면서 다시 그의 말을 도중에 끊어버렸다. 이에 진양이 의아한 시선으로 사저를 쳐다보자, 진연이 다시 타이르는 어투로 말을 교정시켰다.

"다 큰 숙녀분을 누님으로 부르는 건 예의에 어긋난단다. 그럴 땐 도연홍 소저라고 말하는 거야. 비교적 거리감이 있도록 신경 쓰는 게 좋단다."

"아, 그거라면 괜찮습니다. 누님이 누님이라고 편히 부르라고 했고, 친한 사이니 괜찮……."

"어머나, 친한 사이였구나. 그렇구나."

진연이 만면에 미소를 가득 안은 채 웃었다.

"그분과도 어떤 사이인지 대충은 알려 줄래?"

"네."

진양은 엄마 말을 듣는 어린아이처럼 진연에게 도연홍에 대해서도 비교적 자세하게 설명했다.

그녀는 언제나처럼 예의 웃는 얼굴로 고개를 끄덕이면서 들었다.

"무림에 여성이 별로 없다보니, 두 사람에 대해서 관심이 많으신 것 같네요. 그러고 보니 얼마 전에는 얼굴만 보고 제대로 된 인사도 못 나누셨죠? 소개해드릴까요?"

"응."

진연이 웃음을 머금으면서 머리를 주억거렸다.

*　　*　　*

"헉, 무당제일미다."

진연이 바깥으로 나오자 소란이 일어났다. 온 지 그렇게까지 오래 되지도 않았는데도 벌써 별호가 붙었다.

별호의 의미야 두말할 것도 없다. 무당 제일의 미녀. 진연은 요새 그렇게 불리고 있다.

"대인!"

근처에서 대기하고 있던 풍정국이 튀어나왔다.

"이분은……?"

풍정국이 다가오자 진연의 얼굴에 의아함이 묻어났다. 그리고 계속해서 이상한 듯 머리를 갸웃거렸다.

"아, 소개가 늦습니다. 저는 북해에서 온 풍정국이라고 합니다. 대인의 곁을 보좌하고 있습니다."

풍정국이 부복하곤 뒤늦게 자신을 소개하였다.

그는 진연이 온 뒤로 일부러 진양을 찾아가지 않았다.

오랜만에 만난 사저와의 시간을 방해하고 싶지 않았다.

그리고 오늘, 나름대로 적당해진 때라고 생각해서 이렇게 처음으로 모습을 드러냈다.

"보좌라뇨, 동료끼리 그런 말씀하실 필요는 없습니다."

진양이 어색하게 웃으면서 말했다. 풍정국의 호의는 고맙긴 하지만 역시나 여전히 부담스럽다.

"대인……! 크흐윽!"

풍정국은 동료라는 말에 감격에 겨운 얼굴로 몸을 파르르 떨었다.

"……저어."

진연은 멋대로 감동에 빠진 풍정국을 쳐다보면서 말을 걸었다.

"예!"

풍정국이 호기롭게 외쳤다. 평생을 따르도록 한 주군의 사저다. 웬만하면 좋게 보이고 싶지 않았다.

"혹시, 남자이신가요?"

"헉!"

풍정국이 깜짝 놀란 듯 눈을 동그랗게 떴다.

"어떻게……?"

옆에 서 있던 진양도 놀람을 감추지 못했다. 풍정국을 본 사람들은 대부분 그의 성별을 알지 못한다.

그건 남녀노소 구분을 가리지 않으며, 심지어 무공 수위가 높다고 해도 헷갈려한다. 빙공의 무공 때문에 음기가 진하게 느껴져서 그렇다.

"어쩐지, 이렇게 미인이신데도 반응하지 않더라고요. 후후."

"……?"

반응이라는 말에 두 남자가 고개를 옆으로 기울였다.

"아무것도 아니랍니다. 잘 부탁드려요. 풍 소협."

"네!"

그 의문도 곧 진연의 인사에 날아가 버렸다. 풍정국은 여전히 감격에 겨운 채로 크게 답했다.

"안녕하세요, 양이의 사저인 진연이라고 합니다. 부족하지만 무당파에서 조리원주를 맡고 있습니다."

무인이 아닌지라 포권을 하지는 않았다. 대신 손을 복부 쪽으로 모으고, 허리를 숙여 공손하게 인사했다.

"앗, 네. 자, 잘 부탁드려요!"

도연홍은 그녀답지 않게 당혹스러워 하면서 인사했다. 다만 그녀는 무인인지라 포권으로 답해줬다.

'대단해.'

사천제일미라 불린 도연홍조차도 진연의 미색에는 감탄

을 금치 못했다. 백리선혜 이후로 오랜만이다.

거기다가 반듯한 몸가짐과 더불어 예의에 기품까지 보니 정말 완벽하다는 생각밖에 들지 않는다.

"허어, 환장하겠군."

"쉿, 조용히 하게. 무당신룡께서 계시네."

"꿀꺽. 하지만 어쩔 수 없지 않은가."

맹 내부의 무사나 손님들을 비롯하여 남정네들이 지나가던 걸음을 멈추고 진연과 도연홍을 쳐다봤다.

몇몇 이들은 진양을 부러운 눈길로 쳐다봤다. 이런 꽃밭에 있는 그가 미치도록 부러웠다.

"후훗. 양이에게는 많이 들었답니다."

진연은 뺨에 손바닥을 대곤 눈웃음을 지었다.

"아……!"

도연홍의 얼굴에 화색이 감돌았다.

진양이 사형제를 얼마나 잘 아끼는지는 잘 알고 있다. 진연에 대해서도 굉장히 많이 들었다.

그래서 예전에는 부끄럽게도 진연에게도 질투를 한 적이 있었다.

사형제 사이이니 연인으로서의 관계가 없다는 것은 알고 있긴 했으나, 그래도 질투가 나는 건 어쩔 수 없었다. 그때를 생각하니 얼굴이 절로 화끈거렸다.

어쨌거나, 자신이 사랑하는 사람이 소중한 사람에게 자신에 대해서 이야기 해줬다니. 기분이 너무 좋았다.

"저 역시 동생에게 잘 들었……."

"동생이요?"

진연이 여전히 만면에 미소를 가득 메우고 물었다.

"아."

도연홍이 무언가 깨달은 듯 표정을 짓더니 이내 배시시 웃으면서 설명에 나섰다.

"네, 양이랑 좀 친하다보니 누님 동생하면서 부르면서 지내거든요."

평소에 그 당당하던 모습은 없었다. 마치 꼭 상견례에 나간 색시처럼 긴장과 부끄러움으로 가득했다.

"아, 그래서 말인데……."

도연홍이 진연을 힐끗 쳐다보면서 눈치를 봤다.

얼굴을 푹 숙이고, 손가락을 꼼지락거렸다. 이 광경을 지켜보던 남자들이 단체로 가슴을 붙잡고 숨을 멈췄다.

"괜찮다면……그, 언니로 불러도 괜찮을까요?"

"아뇨."

진연이 단칼에 거절했다.

"……네?"

도연홍이 순간 자신의 두 귀를 의심했다.

"죄송하게도, 저에게 동생은 소미라는 아이밖에 없거든요. 그리고 — 제가 조리원주인지라, 어디 가서 함부로 의매를 맺을 수 없는 몸이거든요."

진연이 후후, 하고 미안하다는 듯이 웃었다.

"……?"

그러나 그 웃음에서는 어딘가 모르게 위화감이 느껴졌다. 확실히 미안해하는 것 같은데, 가만 보면 또 그것도 아닌 것 같다. 그런데 겉으론 아무런 문제가 없어서 또 뭐라 하기가 뭐했다.

"아, 네…… 그런가요……."

도연홍은 어쩔 수 없다는 듯이 어색하게 웃으면서 머리를 끄덕였다.

평소의 도연홍이라면 막무가내로 밀겠지만, 상대가 그의 사저인지라 함부로 대할 수가 없었다.

"저, 실례가 되지 않으면 질문 하나 해도 될까요?"

"……헉!"

도연홍이 순간 섬뜩함을 느끼고 흉부를 가렸다.

'뭐, 뭐지? 방금 전에 그 시선은……?'

기분 탓인지는 모르겠으나, 진연이 질문과 함께 순간적으로 자신의 가슴을 강렬하게 쳐다본 것 같았다.

그러나 남자도 아닌 여자, 그것도 진양이 상냥하고 착하다고 칭찬일색이던 사저가 아닌가.

도연홍은 의아하긴 했으나 금세 속으로 머리를 털어내면서 다시 제정신으로 돌아왔다.

"네, 물어보세요."

"도연홍 소저께서는 무인이시죠?"

"아, 네."

도연홍은 대답과 함께 고개를 주억거렸다.

"그러면…… 그 가슴, 좀 방해되지 않나요?"

진연은 곤란한 듯이 뺨에 손바닥을 대고, 머리를 살짝 기울이면서 걱정하는 표정을 지었다.

"……네?"

이번에는 진양과 도연홍이 동시에 되물었다.

"여고수이신 도연홍 소저 입장에선 좀 웃기긴 하겠지만, 저도 한때 무도를 걸은 여자로서 그런 불편함이 있었거든요. 무공을 펼치는데 큰 가슴은 방해만 되죠."

"크, 크흐흠!"

진양이 시선을 어디다 둘지 몰라 하며 헛기침을 토했다. 여자끼리 하는 대화에 휘말린 사춘기 소년 같았다.

"아, 아뇨……전……괜찮은데요……."

도연홍이 흠칫 놀라며 흉부를 재차 가렸다. 아니, 가렸을 뿐만 아니라 뒷걸음질까지 했다.

'이, 이 사람……무서워……!'

뭔가가 이상하다. 분명히 착하고 친절한 건 맞다. 미색도 아름다워, 같은 여성으로서 존경하고 싶을 정도였다. 그런데, 정말로 뭔가가 걸리고 무서움이 들었다.

"그런가요. 하지만 방해가 된다면 언제든지…… 어머나, 내가 무슨 소리를 하는 거람. 후후훗."

진연은 도연홍의 소개 다음으로 이어서 백리선혜를 소개받았다. 그리고 도연홍처럼 상당히 경계했다.

'이 사람도 조건에 다 알맞네.'

머리가 지끈지끈 아파오고 한숨이 절로 튀어나왔다.

사제의 인기는 대충이나마 예상했다. 남녀노소 할 것 없이 좋아하는 영웅이니 그건 당연한 일이다.

그리고 주변에 미녀도 들끓을 것이라는 것도 알았다. 반대로 근처에 미녀가 없다면 이상한 일이다.

일단 남존무당이라 불리는 대문파의 제자다. 배경부터가 남달랐다.

그냥 가만히 있어도 중소규모의 문파에서 손님이 끊이지 않는다. 그 누구도 함부로 대하지 못한다.

거기에 화경의 경지에 올랐으며, 무당파의 삼대신공을 연공했고, 정마대전에서 영웅이라는 수식어도 붙었다. 아직까지도 연인이 없으니 그야말로 황금알을 낳는 거위다. 이걸 가만히 두는 것 자체가 병신이다.

어쨌거나, 미녀가 모일 조건을 다 갖추긴 했었지만 진연은 그렇게까지 크게 경계하지는 않았다.

어릴 때부터 꾸준히 해온 세뇌 덕이었다.

진양이라는 인간은 일정한 조건을 채우지 않으면 아무리 미녀라고 해도 결코 두근거리지 않는다.

이 시대 여성치곤 큰 편이라 들을 정도로 신장이 큰 편일 것, 가슴이 클 것, 연상일 것.

일단 첫 번째 조건에서부터 많이 나뉜다. 거기에 가슴과 연령까지 붙는다면 정말로 작아진다.

마음 같아선 자신을 제외하곤 어떠한 여자도 사랑하지 못한다고 하고 싶었지만, 차마 그럴 수는 없었다.

그래서 나온 것이 이러한 결과다.

다행히 이 작전은 성공적이었다. 적어도 진양이 강호에 나가서 난봉꾼이 되어 돌아올 일은 없었다.

송화라는 아이와 엮이긴 했지만, 적어도 남녀 관계로 발전할 것 같지는 않아서 문제없었다.

그래서 안심하고 있었는데, 안휘에 오니 전혀 아니었다. 무려 둘이나 조건에 적합한 여우들이 있었다.

그래서 도연홍을 보자마자 적당히 견제를 했다. 그 뒤로는 백리선혜를 만나서 똑같이 대하려고 했다.

도연홍의 경우에는 그다지 어렵지 않았다. 도가장의 사람답게 단순한 편인지라 쉽게 가지고 놀 수 있었다.

다만 백리선혜는 아니었다.

일단 연령대도 좀 높은 편인지라 온갖 산전수전을 헤친 경험이 있어서 상대하기가 여간 귀찮은 게 아니었다.

방금 전에도 서로 웃는 얼굴로 이리저리 꼬이고, 돌려 말하면서 복잡한 대화를 했다.

괜히 그 사이에만 낀 진양만이 어쩔 줄 몰라 하면서 당황했다.

그 살벌한 대화는 계속해서 오가다가 약 한 시진 정도 지나서야 겨우겨우 끝낼 수 있었다.

"재미있는 분이시네요. 보아하니 연세가 좀 있으신 것 같은데……."

"아뇨, 그렇게 많지는 않답니다. 그나저나 얼마 전에 근처의 정파에서 사형제끼리 은밀하게 연애하다가 파문당했다고 하는데, 들었나요?"

"어머나, 그런 일이 있었군요. 그런데 갑작스레 그런 이야기하시는 게 궁금하네요."

"아뇨, 그냥. 그게 화제라서."

백리선혜는 입가를 부채로 가린 채 웃었다.

진연은 손바닥을 뺨에 댄 채로 웃었다.

둘 다 어째 화를 내거나 불편해 하는 것 같지는 않았지만 묘한 압박감이 느껴져서 숨이 텁텁하게 막혔다.

어쨌거나, 이후 진연은 다른 사람들에 대해서도 호기심이 생겼는지 소개시켜 달라고 했다.

어차피 딱히 꺼릴 것도 없고, 알고 지내는 사이가 워낙 적어도 한 명 한 명씩 소개시켜주었다.

이때는 별로 무서운 분위기를 풍기거나 하지는 않았다. 자애롭고 부드러운 미소를 보여주면서 인사했다.

동예를 비롯한 설귀단을 소개해줄 때 조금 반응은 했으나 무서워질 정도는 아니었다.

“다들 좋으신 분들 같았어.”

알고 지내는 사람들의 소개가 끝나자마자 진연이 즐거운 듯 콧노래를 흥얼거리면서 말했다.

“예, 물론입니다.”

다른 사람이라면 몰라도, 진연에게 인정을 받으니 왠지 모르게 기분이 좋았다.

“어머. 양이가 강호에 오랫동안 나가 있어서 그런지 좀 딱딱해진 것 같네. 그건 좀 아쉬운걸.”

진연이 눈을 동그랗게 뜨면서 섭섭한 표정을 지었다.

“어쩌다보니 입에 붙게 되더라고요.”

진양 또한 무의식적으로 그리 답한 걸 깨닫고 돌처럼 굳은 어투를 풀고 최대한 부드럽게 말했다.

다른 사람이라면 모를까, 가족에게 그렇게 대하고 싶지는 않았다.

"강호초출은 어떤 기분이신가요?"

"글쎄, 이상해."

원래는 그녀도 무인이었으나, 강호에 나가기 전에 일찍이 무도를 내려놓고 숙수의 길을 걷게 됐다.

그리고 조리원주의 후계자로 지정되면서 무당산 바깥으로는 나가지 않게 됐다.

"하지만 — 동시에 아름다웠단다."

호북에서 안휘에 오는 길에도 여러 가지를 봤다.

무당파에서 호위가 붙어서 산적을 만나거나 하지는 않았다. 그래서 여유롭게 주변을 살폈다.

각지의 요리도 빠짐없이 먹어보고, 상인과 거래를 해보기도 했다. 정말 다양한 부류의 사람들을 봤다.

"또 무섭기도 했지."

그 외에도 거리에서 굶어 죽는 사람이라거나, 혹은 누군가에게 칼에 맞아 거리에 누워있는 시체도 봤다.

강호의 밝은 면도, 어두운 면도 봤다.

사부인 청솔은 아마 이 어두운 면을 보고 무인을 관두게 된 것이겠지. 그런 생각이 들었다.

"양아, 네 생각은 어떤지 얘기해 줄래?"

"강호……인가요."

"응."

강호로 출두한 지도 어언 몇 년이 지났다. 그동안 일반인이 겪지 못한 일을 모조리 겪었다.

용봉비무대회에도 참여해 봤고, 그 장소에서 일어난 혼란도 직접 겪어봤다.

그 외에도 정말이지 이런저런 일을 겪어봤다. 최근에는 북해까지 다녀왔다.

아마 전 무림을 뒤져서라도 자신만큼의 경험을 쌓은 자는 별로 없을 것이다. 그만큼 많은 걸 보고 느꼈다.

"저는…… 아직은 잘 모르겠습니다."

청솔은 비극으로 가득한 세상이라고 했다.

천마는 힘으로 결정되는 세상이라고 했다.

지무악은 그걸 전력으로 부정하여 증명하려 했다.

수화사태는 어쩔 수 없는 세상이라고 했다.

수혜사태는 잔혹하고 불행한 세상이라 했다. 그리고 그걸 고치고 싶다고 말했다.

그 누구의 말도 틀리지 않았다. 실제로 세상이 그렇다는 걸 보고, 들으면서 몸으로 체감하게 됐다.

너무 많은 걸 알았기에, 뭐라 말할 수가 없었다. 정말 누구 하나 잘못이 없었다. 다 맞는 말이었다.

"그럼, 넌 어떻게 하고 싶니?"

진연이 웃는 얼굴로 진양과 마주보았다.

그 얼굴에는 어렸을 적처럼 무수한 자애가 담겨져 있었다. 모든 걸 부드럽게 감싸 안는 상냥한 미소였다.

"……음."

진양은 말하기를 주저했다.

"괜찮아. 네 생각이 어떻건 상관없단다. 너만의 길을 말해 주렴. 무당파의 길(道)이 아니라, 너의 길."

"……."

"어려운 말을 할 필요도 없어."

사저는 사제에게 천천히 다가가 그 뺨을 매만졌다

"네가 생각하는 대로, 방금 떠오른 말을 그대로 꺼내기만 하면 되는 거란다. 그거면, 충분해."

"행복……해지고 싶어요."

행복.

참으로 쉽고도 어려운 말이다.

"얼마나 이기적이고 또 어리광인지는 알고 있어요. 하지만, 그래도 행복해지고 싶어요."

전생을 생각한다면, 그다지 행복하진 않았다.

아니, 정확히 말해서는 삶의 마지막 부근에 불행이 너무 몰려버렸다.

일반적인 가정에서 태어나 자라났다. 그래서 남들처럼 공부를 하고, 군대에 갔다.

비록 달콤한 연애 한 번은 하지 못했지만 그래도 이 세계에 비해선 썩 괜찮은 편이라고 생각한다.

그리고 전역한 바로 당일 날, 하필이면 재수 없게도 차에 치여서 목숨을 잃게 됐다.

"무당파의 식구들은 물론이고 — 주변 사람들과 함께 나이를 먹으면서 행복하게 살고 싶습니다."

전생의 일을 부정하는 건 아니다. 하지만 이미 끝난 일이다. 그걸 받아들이고, 음의를 얻었다.

그렇기에 그때의 불만족과 욕구가 지금까지도 이어져온다.

정도로서 길을 좀 벗어나도 괜찮다. 무당파의 가르침을 살짝 무시하는 정도도 괜찮았다.

자존심을 버려도, 정파인과 거리가 좀 멀어도, 이기적이란 소리를 들어도 괜찮으니 행복해지고 싶었다.

그렇기에 자신은 지금 여기에 있다.

타지인 북해까지 가서 온갖 고생을 했고, 중원으로 돌아왔는데도 무당산으로 복귀하지 않는 이유였다.

또 다시 임무를 수행해야 한다는 것이 고통스럽긴 했으나 그래도 꾹 참고 인내심으로 버텼다.

오직 — 자신과 모두의 행복을 위해서!

"그럼 된 거란다."

사저는 사제의 이마를 맞대고 활짝 미소 지었다.

"그거면 된 거야."

* * *

진양은 금의상단이 정말로 사도련과 손을 잡았는지 진위여부를 알기 위해서 무림맹을 떠나게 됐다.

배웅은 화려하게 이뤄지지 않았다. 최대한 정보를 숨기기 위해서 소리 소문 없이 떠났다.

수혜사태는 그를 비롯한 일행의 손을 하나하나 잡아주면서 몇 번이나 격려해 주었다.

"여러분들이 누구건 간에 상관없습니다. 허나, 영웅인 것은 틀림없습니다. 무당신룡뿐이 아니에요."

진양을 필두로 하여 진연, 풍정국, 모용중광, 송유한 — 그리고 무림맹 무사 몇몇과 시녀들이 붙었다.

그렇지 많은 인원은 아니었다. 총 스무 명 정도 됐다.

송유한은 이번에도 무당신룡과 함께 임무를 수행한다는

것에 무척이나 자랑스러워하는 표정을 지었다.

어쨌거나, 수혜사태는 송유한처럼 무림맹 무사 외에도 시녀들에게까지 고개를 숙이면서 인사했다.

무사들과 시녀들은 무림맹주나 되는 사람들이 자신들에게 인사를 하자 당황하면서 부담스러워했다.

처음에는 감격에 겨누긴 했지만, 왠지 모르게 위가 아파왔다.

"무당신룡."

무림맹주가 영웅을 불렀다.

"예."

영웅이 무림맹주의 부름에 답했다.

"몇 번이나 사죄드리는 것이지만, 계속해서 무리한 부탁을 해서 죄송해요. 무능한 절 용서하지 마십시오."

수혜사태는 계속해서 마음이 걸렸다. 그에게 계속해서 임무를 맡기는 것에 눈물을 흘렸다.

"용서하지 않을 겁니다."

진양은 표정 하나 바꾸지 않고 답했다.

"대, 대협……!"

바로 뒤에 있던 송유한이 깜짝 놀랐다. 다른 사람들도 술렁였다.

"그러니, 그 대신에 정파를 이끌어 주십시오. 저에게 모든 걸 맡기지 않도록 사람들을 움직여 주십시오."

수혜사태가 눈을 동그랗게 떴다.

"세간에선 절 보고 마교의 위험에서 무림을 구했으며, 현재의 정파를 이끌고 있다고 하지만 그건 틀립니다."

"신룡……."

"무림맹을 — 나아가 정파를 이끄는 건 제가 아니라 맹주님입니다. 무림을 구한 건 저를 비롯한 다른 정파인들 전부입니다. 그러니, 부탁드립니다. 부디 제가 마음 편히 쉴 수 있도록 도와주십시오."

그의 부탁에 몇몇 사람들은 감격에 겨웠는지 훌쩍이는 소리를 냈다.

영웅을 마주보고 있는 무림맹주는 두 눈을 껌뻑였다가, 이윽고 미소를 지으면서 답했다.

"부족한 몸입니다만 — 부디 맡겨만 주세요."

第四章

금의상단(金意商團)

금의상단.

정파에 구파일방이 있고 사파에 사도련이 있으면 상계에는 금의상단이 있다. 이런 말이 있을 정도로 금의상단의 위치와 그 존재감은 상계에서 독보적이라 할 수 있었다.

정파와 사파는 각 지방마다 세력권이 존재하나 금의상단은 전혀 아니다. 중원 전체에 지부가 존재했다.

그리고 그 지부는 대부분 규모 등이 엇비슷하다. 미세한 차이가 있기는 해도 결코 심한 차이는 없었다.

참고로 금의상단에는 본점이라는 개념이 존재하지 않는다. 이는 상왕이라 불리는 금의상단주 때문이었다.

금의상단주는 농담 삼아 천하를 살 돈이 있다고 말할 정도로 부유한 사람이다. 정말로 돈이 많다.

남들이라면 이 정도 돈이 있으니 아무것도 하지 않고 빈둥거리면서 그야말로 신선 같은 삶을 살 것이다.

하지만 금의상단주는 달랐다. 그는 보이지 않는 곳에서 금충(金蟲)이라는 불명예스러운 별호로 불릴 만큼 돈을 밝히고 또 만족하지 않는 자였다.

어릴 때도 돈을 밝히고, 또 어떻게 해야 이득을 얻을 수 있을지 조목조목 따져가며 머리를 굴려왔다.

상단주가 되기 전이었다면 금의상단이라는 중원 최고의 상단을 이어받기 위한 노력이라며 감탄했을 것이다.

그러나 금의상단주는 후계를 완벽하게 이어 받았음에도 불구하고 끝없는 욕망을 보여주었다.

수면이나 식사 시간도 가능한 최소화로 하고, 규칙적으로 지키면서 살아왔다.

누군가가 왜 이렇게까지 하냐고 물어보니, 금의상단주는 이리 답했다.

"시간이란 건 곧 돈이오. 나는 시간을 쓸데없이 소비하고 싶지는 않소. 보다 효율적으로 움직여야 하오."

또 금의상단주는 의심이 많은 자이기도 했다. 다른 지부에서 혹시 돈을 빼돌리지 않는지 항상 의심했다.

이렇다보니 한 지부에 머무르지 않고, 중원 지방 곳곳을 돌아다니면서 직접 감사까지 해갔다.

세상에, 그 어떤 상단주가 중원을 돌아다니면서 이렇게까지 하겠는가!

지부장들은 금의상단주가 다른 곳으로 움직인다는 말만 들어도 치를 떨어대면서 질색하였다.

어쨌거나 이와 같은 행동이 계속되다보니 자연스레 본점이라는 개념도 차츰 사라질 수밖에 없었다.

지부 대부분의 규모가 엇비슷하고 상단주가 이렇게 돌아다니다보니 이런 현상이 일어났다.

단, 본점은 아니나 조금 비스무리한 곳이 있었다.

바로 산동의 성도인 제남(齊南)이다.

제남에는 다른 지부와는 다른 점이 하나 있다. 오직 돈으로만 세워진 문파, 금의검문(金意劍門)이었다.

금의상단주는 금의검문의 문주는 아니지만 문주를 정하고, 명령을 내리는 자이기에 사실상 최고 권력자다.

어쨌거나, 제남에 금의전장과 금의검문이 있다 보니 좀 더 신경 쓸 수밖에 없다.

그래서 다른 지부보다 많이 들리는 편이었고, 다른 지부들보다 가치가 높을 수밖에 없었다.

이렇게 까다로운 상단주가 있다 보니 매일 매일이 감사

라 할 지경이니까.

어쨌거나, 바로 얼마 전에 금의상단주가 제남지부에 방문했다고 한다. 무림맹에서 임무를 받은 진양 일행도 자연스레 그 목적지가 제남이 됐다.

"산동이라면, 잘하면 권왕 어르신을 볼 수 있겠군요."

제남은 아니지만, 그 아래 태산 부근에 황보세가가 있다. 그렇게 먼 거리지 않으니 볼 수 있을지도 모른다.

화경을 넘었던 육존의 경지. '무거움' 이란 걸 보여주었던 것이 아직도 잊혀 지지 않는다.

화경을 넘을 수 있는 실마리를 본 것 같기는 한데 아직도 그걸 다 이해하지 못한 것이 참으로 아쉬웠다.

"권왕뿐만이 아니오."

모용중광이 굳은 얼굴로 말했다.

"금의상단주의 곁에는 낭왕이 있지 않소?"

무림육존(武林六尊) 낭왕(浪王) 오견(汚犬).

이름을 직역하자면 더러운 개.

황당하게도 이름이 뭐 이따위냐고 물어보겠지만, 엄연히 무림육존, 낭왕의 이름이다.

그는 일찍이 부모에게 버림을 받아 이름이 없었다.

너무 어렸을 적이라 보살핌이 없어 죽을 뻔했으나, 다행히도 근처를 지나가던 낭인에게 키워졌다.

오견을 주워 부모를 대신해 준 낭인은 항상 몸에서 심한 악취가 나서 더럽다고 놀림을 받았다.

거기에 인상이 개처럼 닮아, '오견' 이라는 별명으로 불리곤 했다. 심지어 가끔은 의뢰서의 자신의 석자 이름이 아닌 오견으로 써져있기도 하였다.

이 낭인은 원래 자기 이름밖에 몰랐으나, 이 별명으로 불린 덕에 두 글자도 자연스레 외우게 됐다.

그리고 아이였던 오견을 주웠을 때 이름을 지어주려다가 좋은 생각을 떠올렸다.

'옳지, 이놈에게 그 별명을 떠넘기자!'

더러운 개라니, 솔직히 말해서 치욕스러워서 싫었다. 아이에겐 미안했지만 별명을 떨쳐내기 좋은 기회였다.

마침 자신과 함께 다니기도 하니 오견에게 별명을 물려주고, 자신은 원래의 이름을 되찾을 수 있었다.

헌데 우습게도 원래 오견이라 불렸던 그 낭인은 이름을 물려준 지 얼마 되지 않고 임무 수행 도중 사망한다.

허나 오견은 자신을 주워준 은혜를 잊지 않도록 하여, 개명하지 않고 이 이름으로 살아왔다.

그게 더러운 개, 오견이라는 이름의 유례였다.

'낭왕이라…….'

오견은 무림육존 중에서도 유일하게 소속이 없었다.

은인은 나름대로 낭인들 사이에서 친분이 있는 자들이 많았다. 그 덕분인지 도움을 좀 받을 수 있었다.

물론 삼류에 불과한 낭인들밖에 없어서, 무공을 전수받거나 돈을 받거나 하는 경우는 없었다.

그들도 끼니와 술을 걱정하는 자들밖에 없다. 아무리 아이라고 해도 친자식도 아닌데 도와줄 의리는 없다.

그 대신에 임무를 데리고 다니면서 사는 방법 정도는 가르쳐 주었다.

그리 대단한 건 아니었지만, 그래도 아무것도 모르는 것보다는 좋았다.

임무에서 자기 값을 떼어가 술을 마셨으나, 배우는 입장이니 뭐라 할 수가 없었다.

그렇게 낭인으로 살아갔다. 이리저리 채이고 구르면서 피를 묻히고 어찌어찌 살아남았다.

이후 우연찮게 전장을 돌아다니다가 적을 죽이고 그 품에서 일류 무공 비급서를 얻게 됐다.

오견은 글자를 읽고 쓸 수 있는 낭인에게 배움을 받은 적도 있어, 운 좋게도 비급서를 해독할 수 있었다.

나이가 조금 늦은 감이 있었지만, 그래도 안 배우는 것보다는 나은 것 같아서 그 무공을 연공. 이후 뜻밖의 재능이 있다는 걸 깨닫게 되어 이류가 된다.

그리고 십 년이 지나, 정신을 차리고 보니 일류 낭인이 되었고 다시 시간이 흐르니 육존이 될 수 있었다.

"낭왕에 대해서 잘 아시네요."

진연이 신기한 듯이 모용중광을 쳐다봤다.

오견은 육존이지만 과거에는 낭인에 불과했기 때문에 그 행적이 잘 알려져 있지는 않다.

"하하하, 별거 아닙니다. 소가주 신분이 되면 여기저기서 들려오는 게 많습니다."

모용중광이 쑥스럽다는 듯이 뒤통수를 긁적였다.

"여하튼, 낭왕은 절대고수가 된 이후로 당연하게도 이곳저곳에서 부름을 받았습니다."

낭인이라는 출신이라면 대부분 천박하게 보기 마련이다. 돈이면 뭐든지 하는 자들, 그게 낭인이니까 말이다.

물론 그렇지 않은 자들도 있지만 그건 소수다. 대부분 낭인의 인식이 좋지 않은 건 어쩔 수가 없었다.

실제로도 임무를 의뢰한 자들에게 강도로 돌변하여 달려드는 질 나쁜 자들도 상당히 많다.

허나 그게 절대고수의 경지가 된다면 이야기가 달라진다. 화경에 올랐을 때도 이미 많은 제안을 받았다.

하물며 거기에서 무림맹주나 사도련주와 견줄 정도로 높은 경지에 오르니 인정할 수밖에 없었다.

구파일방이나 오대세가들은 워낙 보수적이고 순혈주의다보니 대놓고 친분을 과시할 수는 없었다.

그러나 사파나 낭인, 혹은 대문파가 아닌 곳에서는 가주나 문주로 삼아 주겠다며 영입에 힘썼다.

"미안하지만 어디에 소속될 생각은 없다. 나는 본디 낭인. 내 힘을 쓰고 싶다면 정당하게 의뢰해라."

낭인은 정파도 사파도 아니다. 정도라거나 사도라는 이념은 존재하지 않았다.

현대 지구의 말을 빌리자면 곧 프리랜서다.

어쨌거나, 오견은 대놓고 '돈을 주면 도와주겠다' 라고 발언했고, 당연하다시피 비난과 욕설이 쏟아졌다.

그 덕에 오견은 천마와 비슷할 정도로 욕을 많이 먹는 절대고수 중 하나가 됐다.

"아, 그건 워낙 유명해서 저도 알고 있어요. 그 뒤로 금의상단주가 찾아와 의뢰했었죠?"

"예, 그렇습니다."

무림육존을 부릴 수 있는 돈은 없다. 애초에 그들은 돈으로 어떻게 환산할 수 없는 존재들이다.

허나, 그 상식을 깨는 자가 있었으니 — 바로 금의상단주였다.

"금의상단주가 얼마를 제시한지는 아직 자세하게 알려

진 바가 없습니다. 다만 낭왕을 일 년 동안 고용하는데, 무림맹의 일 년 예산과 비슷할 정도라는 소문은 있습니다."

"허어억……."

송유한이 모용중광의 말을 듣고 입을 다물지 못했다. 침을 질질 흘릴 정도로 경악 어린 표정이었다.

어쨌거나, 이러한 경위로 인해 금의상단주 곁에는 항상 낭왕 오견이 있다.

무소속이긴 하지만, 금의상단주가 오견을 계속해서 고용할 의향이 보이기에 금의상단이나 마찬가지였다.

"그렇기에 더더욱 가서 싸우면 안 됩니다."

진양은 돌처럼 딱딱하게 굳은 얼굴로 말했다.

"설득에 실패하여 금의상단이나 금의검문과 싸우게 되는 건, 정말로 최악의 경우입니다."

정사대전을 코앞에 두고 무림맹은 자금의 삼 할을 잃게 된다. 그렇게 되면 펼쳐지는 건 재앙이다.

"죽을 거요."

모용중광이 담담하게 말했다.

"겁을 먹는다거나 할 문제가 아니오. 무림육존은 사람이 아니오. 낭왕도 마찬가지요."

모용중광은 화경에 오르면서 절대고수라는 경지가 얼마나 아득하고, 대단한 것인지 깨닫게 됐다.

진양이 천마와의 싸움에서 살아남았던 건 전대 무림맹주인 검존 지무악과 장문인인 선극 덕이었다.

만약 그 둘이 없었다면 진즉에 죽었을 것이다. 그만큼 절대고수라는 경지는 반칙 그 자체다.

황보욱의 도움을 얻을 수도 있겠지만, 애초에 황보욱을 데려가는 것 자체가 '싸울 것이다.' 라고 광고하는 꼴이 된다. 그렇기에 권왕의 도움은 낭왕과 함께하는 자리에선 얻을 수 없다.

조심, 또 조심해야하는 일이었다.

* * *

산동, 제남.

지금의 제남은 누구도 부정할 수 없을 정도로 큰 대도시지만, 예전에는 그렇게까지 대단하지는 않았다.

산동에 황보세가가 있으나 알다시피 황보세가는 오대세가에도 들어가지 못하기에 별 영향을 끼치지 못한다.

물론 절대고수인 황보욱의 이름 덕에 태산 부근은 크게 활성화되어 있긴 하지만, 다른 곳과 비교를 하자면 그렇게까지 대단한 건 아니었다.

그 외에의 정파가 없는 건 아니었으나, 대부분 중소문파의 수준인지라 많은 영향력을 끼치기가 힘들었다.

이런 제남이 성장할 수 있는 건, 두말할 것도 없이 금의상단을 만든 금의검문이 있는 덕이었다.

중원을 돈으로 살 수 있다는 자, 금의상단주.

그가 있다 보니 제남의 상권이 발달할 수밖에 없다. 자연스레 다른 지방에서 찾아오는 사람들도 많아졌다.

사람이 많아지니, 중심이 되었고. 금세 대도시로 발달하게 됐다. 그게 지금의 제남이다.

"허, 이렇게 사람들이 많은 건 처음 봅니다."

풍정국이 입을 떡 벌리면서 경악했다.

북해에서 태어나 폐쇄된 공간에서 성장한 그에게 있어 중원은 항상 놀라움의 연속이었다.

안휘의 무림맹에 왔을 때도 구경하기 바빴는데, 제남이 오니 너무 놀라 뭐라 할 말이 생각나지 않았다.

"양아. 사람이 정말 많구나. 이러다간 길을 잃어버리겠어."

진연이 곤란한 표정을 지으며 어쩔 줄 몰라 했다.

참고로 진연은 면사포를 써 얼굴을 가리고 있었는데, 괜한 미모로 주목을 끌지 않기 위해서다.

어차피 모두가 정체를 숨기지 않는 이상, 금의상단주를 만나러 간다는 소문은 숨길 수 없을 것이다.

하지만 괜한 주목을 끌어서 쓸데없는 정보를 유출시키거나 하고 싶지는 않았다.

그 외에도 항상 미(美)라는 건 소란을 끌기 마련이다. 차라리 가려서 미리 방지를 하는 것이 좋았다.

"그러니까 팔짱을 껴주지 않으렴?"

대답을 하기도 전에 진연이 미소 지으면서 사제에게 팔짱을 꼈다.

'윽.'

팔짱을 끼니 부드럽고 물컹한 감촉이 느껴졌다. 그게 곧 사저의 가슴이란 걸 깨닫고는 자신을 욕했다.

'미쳤다, 미쳤어. 정신 차려라, 진양. 아무리 가슴이 좋다고 했지 어떻게 사저에게 욕정을 품느냐.'

만약 이 사실이 알려진다면 평생 동안 얼굴을 들지 못하고 살 것이다. 진연이 듣는다면 활짝 웃으면서 좋아하겠지만, 미치지 않는 이상 그걸 말할 리가 없다.

"정말로 사이가 좋은 사형제십니다."

풍정국이 뒤에서 그걸 보고 훈훈하게 웃었다.

"맞습니다."

송유한 역시 박수를 치면서 그 말에 거들었다.

아무것도 모르는 사람들이 본다면 다정한 연인으로 보이겠으나, 둘의 사이를 본다면 전혀 그렇지 않다.

진양이 예로부터 사형제들을 얼마나 아끼는 것까지 알고 있기에, 의좋은 사형제라 볼 수밖에 없었다.

"……."

단, 검술만큼 눈치가 빠른 모용중광만 무언가의 이상함을 느끼고 고개를 갸웃거렸다.

'아무리 사이가 좋다고 그렇지, 다 큰 청년과 처녀가 이렇게까지 붙어있는가……?'

조금 의아함이 생기긴 했지만, 이런 상황에서 괜한 소리를 꺼냈다가는 분위기를 망치게 된다. 또한 자신만의 착각이라면 단순히 부끄러운 것으로 끝나지 않는다.

사형제간의 사랑은 곧 근친과 다름없는 일. 그걸 의심한다는 건 크나큰 모욕이 된다.

물론 이 가치관 덕에 주변 사람들도 진연의 행동에 크게 의구심을 갖지 않고 있지만 말이다.

'뭐, 그래도 도연홍 누님께서 안 계신 게 다행이로군. 누님이라면 분명 질투했겠지.'

이번 일정에 도연홍을 따라오지 않았다. 아니, 정확히 말해서는 '못 했다.' 라고 말하는 것이 맞다.

원래는 도연홍도 옳다구나 하면서 따라오려 했다. 그런데 이후 진연의 말 때문에 그럴 수가 없었다.

"도 소저."

"네, 네?"

"제가 들은 바에 의하면, 소저께서는 도가장의 하나밖에 없는 딸이라고 들었는데요."

동생들이 있긴 하지만 일단 딸은 한 명이니 맞는 말이다. 그런데 왠지 모르게 묘한 어감이었다.

"아, 네……."

"그렇다면 분명 소저의 아버님, 도장주님께서도 걱정하고 계시겠네요."

"아니, 저. 그게."

"특히나 정사대전이 코앞인 지금은 더더욱 그렇겠죠. 거기다가 양이가 북해로 떠난 동안, 쭉 이곳 안휘에서 계셨잖아요. 그러니 한 번 쯤 찾아뵈어서 얼굴을 비춰 안심시키는 것이 좋지 않을까요?"

진연은 입가에 미소를 지우는 대신, 걱정스러운 표정을 지으면서 제안하였다.

도연홍은 그 제안을 받아들이기가 죽어도 싫었다. 진양과의 만남을 반년이나 넘게 고대하고 또 고대했다.

그래서 다음부터는 결코 떨어지지 않으려고 맹세했건만, 얼마 되지도 않고 이렇게 시련을 내리는가.

"맞습니다, 누님. 그 말대로입니다."

진양도 옆에서 동의하였다.

“허어, 마음씨도 참으로 고우신 분일세…….”

그 모습을 지켜보고 있던 무사들이 감탄하며 중얼거렸다. 미모까지 뛰어나고 인성도 이리 착하다니.

그야말로 하늘이 내려준 듯한 선녀 그 자체였다.

‘이거, 분명히 뭔가가 이상해!’

단, 그 제안을 받은 장본인. 도연홍만큼은 볼일을 보고 닦지 않은 것처럼 찝찝한 기분이 들었다.

확실히 진연의 얼굴을 보면 걱정하는 것이 맞다. 목소리조차도 마치 자식을 걱정하는 어머니와 같았다.

그런데 왠지 모르게, 말로 설명할 수는 없지만 꼭 자신이 속는 느낌이 들었다.

이 찝찝한 기분을 떨쳐내지 못한 도연홍은 거절하려 했으나 결국 주변의 압박에 이기지 못하였다.

아니, 다른 건 몰라도 진양까지 나선 것과 그가 누구보다 소중히 여기는 사저의 말을 뿌리칠 수가 없었다.

만약 진양의 사저에게 미움이라도 받는다면 후에 제대로 된 혼례(?)를 올리지 못할 것 같아 무서웠다.

결국은 도연홍이 백기를 들면서 포기. 눈물을 삼키며 청해로 돌아갈 수밖에 없었다.

만약에 그 자리에 연미가 있었더라면 몸을 떨면서 ‘이 무시무시할 정도로 자연스러운 연적 처리!’ 라고 말했을 것이다.

제남에 도착한 뒤, 근처 객잔에 들러 여장을 풀었다.

무림맹에서 지원금을 두둑하게 받은 덕에 괜찮은 곳에서 쉴 수 있었다. 제남이라서 그런지 값이 좀 비쌌다.

하지만 그 값만큼은 음식이 맛있었다. 진연도 입에 넣고, 음미하면서 맛있다는 평을 내렸다.

물론 '나도 충분히 할 수 있는 건데, 이 돈 내고 먹어야 한다니…….' 라는 말이 붙기는 했다.

어쨌거나 석식이 끝난 뒤, 진양은 송유한과 함께 개방 제남지부를 찾아갔다.

"아이고, 안휘에서 오시느라 고생 많으셨습니다!"

제남지부장이 손바닥을 파리처럼 비벼대면서 반갑게 맞이했다. 슬쩍슬쩍 눈치를 보는 것이 파후달을 떠올리게 만들었다.

어쨌거나, 제남지부장에게 도착했다는 보고를 더불어 여러 사항을 건네주었다.

이에 그는 자신 있게 가슴을 두들기면서 자신에게만 맡기라며 호언장담했다.

"제남지부장님. 여쭤볼 것이 있습니다."

"아이고, 대협. 그렇게 말씀하시지 마십시오. 말 편히 하십시오. 제가 다 불편합니다.”

제남지부장은 아들뻘이나 되는 진양에게 쩔쩔매면서 어찌할 줄 몰라 했다. 하지만 전혀 이상하지는 않다.

반대로 나이가 많다는 이유로만 오만한 자세를 취했다면 송유한이 불쾌해하며 나섰을 것이다.

“괜찮습니다. 여하튼, 금의상단주님을 뵈려고 합니다만…… 무림맹을 출발했을 때 제남지부장님께서 안내해준다고 전해 들었습니다. 어떻게 해야 합니까?”

“원래 금의상단주는 정말로 만나기 힘든 양반입니다. 그가 한 곳에 잘 머무르지 않고, 중원 전 곳을 돌아다니다 보니 만날 기회가 적어 다들 몰리는 편이지요.”

금의상단주를 찾아오는 사람들은 다양하고, 또 그 숫자도 많다. 무림인부터 시작해서 거래를 원하는 상인 등 농담이 아니라 수를 셀 수 없을 정도다.

또 그 사람들이 그냥 어중이떠중이인 것도 아니다.

당연하게 금의상단주를 만날 만큼의 재물을 가지고 오거나, 적당한 명성을 지니고 있다.

그런데도 사람들이 이렇게 몰린다. 약속을 잡으려고 해도 최소 한 달 정도는 기다려야한다.

“그렇다면 한 달이나 기다려야한다는 겁니까?”

진양이 뜨악한 얼굴로 기겁하면서 물었다. 그 물음에 제남지부장은 머리를 좌우로 흔들며 안심시켜줬다.

"설마 그럴 리가 있겠습니까. 한 달이나 기다리면 이미 전쟁 도중일지도 모르는 일입니다."

"하오면……?"

"무당신룡께서 제남으로 오시는 것이 결정되었을 무렵부터 미리 자리를 마련해두었습니다. 또한, 설사 순서가 되지 않는다고 해도 무당신룡 정도 되신다면 약간은 무시하고 만나실 수도 있을 겁니다."

괜히 무당신룡, 무당신룡이라 말하는 게 아니다. 그만큼 그 이름의 무게는 상당하다.

금의상단주의 일정조차 조율할 수 있는 정파의 영웅. 그를 앞에 두고 있다는 생각에 제남지부장이 자기인 것처럼 코를 세우며 자랑스러워했다.

"휴우, 다행이군요."

"내일 바로 약속을 잡을까요?"

안도의 한숨을 내쉬는 진양을 보고 제남지부장이 물었다.

"원래 잡혀있던 날짜는 언제입니까?"

"나흘 뒤입니다."

"그 정도면 괜찮습니다. 금의상단주를 만나려고 반년을 기다린 사람도 있다고 들었습니다. 웬만하면 차례를 지켜야 하지 않겠습니까."

"대협……!"

제남지부장이 존경 가득한 눈으로 진양을 쳐다봤다.

무당신룡의 위명은 예로부터 자자하게 들었다. 무공뿐만 아니라 인성도 훌륭하다고 귀가 닳도록 들었다.

그러나 제남지부장은 그 소문을 전부 믿지는 않았다. 강호의 소문은 항상 과장되는 법이다.

실제로 영웅은 아니지만, 정파 무림에서 미래가 밝다는 대문파의 젊은 무인들을 만난 적이 있었다.

제남이 워낙 대도시인 덕분에 방문자의 숫자가 상당한 덕이었다.

그러나 제남지부장들은 그들을 만나고 실망을 금치 못했다. 확실히 무공은 대단해 보였다. 그러나 대부분이 대문파라는 뒷배와, 어린 나이에 상위의 경지에 오르면서 오만방자하기 그지없었다.

거기다가 자신을 종을 부리듯이 마구 휘두른 적도 있어서 불쾌한 기억이 한두 개가 아니었다.

마음 같아선 죄다 내치고 싶었지만 차마 그럴 수가 없는지라 항상 참아왔다.

제남지부장이 맨 처음부터 눈치를 보면서 비굴하게 보인 것도 이러한 연유가 있어서였다.

하지만 무당신룡만큼은 달랐다. 여태껏 보아왔던 후기지수들과 비교하는 것 자체가 모욕이었다.

어린 나이에 화경에 올랐는데도 보이는 겸손함과 예의, 그리고 남을 신경 쓰는 생각까지. 심지어 자신의 행동에 조금 부담스러워하는 눈치까지 보였다.

제남지부장은 진양이 괜히 영웅이라 칭송받는 것이 아니구나, 라고 생각했다.

"아, 그리고. 한 가지 부탁드릴 게 더 있는데……."

"예, 말씀만 하십시오!"

"혹시 괜찮은 설비가 갖춰져 있는 주방에 대해서 아십니까?"

"주……방……말입니까?"

第五章

원부재회(愿不再會)

진연이 사제를 따라서 제남에 올 수 있던 건, 괜한 억지를 부려서가 아니다. 나름대로 설득할 수 있어서다.

그래서 금의상단주를 기분 좋게 해 줄 음식의 연습이 필요했다.

게다가 북해에서 가져온 해산물은 그렇게까지 많지 않고, 조리법도 처음인지라 함부로 시도할 수 없었다.

진연은 진양과 함께 제남의 저잣거리로 가서 장을 봤다.

일단 냉약빙이 전해준 조리법에 필요한 재료와 제일 비슷한 걸로 골라서 구입했다.

면사포로 얼굴을 가린 것이 좀 불편하긴 했지만, 그래도 사제와의 단둘이 즐기는 시간인지라 좋기만 했다.

사람들이 많은 저잣거리였으나, 진양을 알아보는 자는 그렇게까지 많지 않았다.

워낙 조용하게 제남에 온 연유도 있지만, 그다지 눈에 띄지 않은 외모인데다가 기도를 조절한 덕에 주목을 피할 수 있었다. 그래서 조용히 들렀다가 조용히 나왔다.

"양아, 나 좀 도와줄 수 있겠니?"

"예."

제남의 저잣거리 풍경은 쉽게 바뀐다.

거리가 변하는 건 아니고, 정확히는 가게들이 우후죽순처럼 생겼다가 사라지고 다시 생기는 걸 반복해서 그렇다.

제남은 기회의 땅이라고도 불리는데, 이는 이곳에서 성공하면 큰돈을 벌 수 있기 때문이다.

인구가 워낙 많은 덕분이다.

그렇기에 다른 지방에서도 재산을 정리하고 제남에 와서 장사를 시작하는 경우가 제법 많다.

송직모도 북경과 가깝지만 않았더라면 제남에서 장사를 시작했을 것이라고 말할 정도였다.

여하튼, 이 제남에서 장사를 시작한다고 무조건적으로 성공하는 것이 아니다.

당연히 다른 장사꾼들도 같은 생각으로 제남에 온다.

대부분 그들은 지방에서도 이름이 꼽힐 정도의 실력자지만, 그건 원래 있던 장사꾼들도 마찬가지다.

경쟁도 치열해서 힘들고, 또 큰마음 먹고 땅값 비싸기로 소문난 제남의 자리 하나를 내서 가게를 냈더니만 정기적으로 나가는 세금 등이 너무 비싸다.

그래서 별수 없이 값을 올려야 하는데, 또 너무 그러면 사람들이 찾아오지 않아서 망해버린다.

사실상 일정한 규모의 자본이 없다면 시작해도 쫄딱 망하게 되는 악질적인 구조로 되어있는 곳이 제남이다.

어쨌거나, 이렇게 망하게 되면 점포 정리에 들어가고 또 다른 호구 — 돈을 벌러 온 장사치들에게 넘어간다.

그리고 그사이에 약간의 시간이 비게 된다. 정리하는 동안 객점을 쓸 수 있다고 제남지부장이 말해줬다.

다행히도 다음에 들어올 장사꾼과 협상하여 요 며칠 동안 빌리기로 하였다.

장사꾼 입장에선 가게를 내기 전에 '무당신룡이 왔다가 사저와 요리까지 해간 집.' 이라고 광고할 수가 있었다. 이 자랑거리는 삼대까지는 이용해 먹을 수 있다.

"어머나, 예전부터 북해의 요리가 궁금했는데, 이렇게 만들 수 있어서 행복하구나. 후후후. 고마워, 양아."

진연이 냉약빙이 건네준 조리법을 건네고 흡족하게 웃

었다. 그 눈은 보옥처럼 반짝반짝 빛났다.

'그래, 저 눈을 보고도 무도를 계속하라고 누가 강요할 수 있겠어?'

그 모습을 보니 입가에 자연스레 미소가 맺혔다. 행복해하는 진연을 보니 자신도 덩달아 기뻤다.

진연은 하늘이 내린 천재다. 그건 두말할 것도 없다.

그 천재성이 얼마나 대단하냐면, 지금 검을 쥐어줘도 오랫동안 하지 않은 검법을 그대로 펼칠 수 있었다.

아니, 발걸음을 자세히 보면 더욱 더 알 수 있다. 진연의 발걸음은 일반사람과는 달랐다.

언제든지 무슨 상황에도 반응할 수 있도록 최선의 상태를 유지하고 있었으며, 쓸데없는 움직임 또한 하나도 섞여있지 않았다. 그야말로 무인의 발걸음이었다.

물론 진연이 원래 무인이긴 했으나, 그것도 십 년이 넘은 일이다. 성년이 되기도 전에 무공을 접었다.

그런데 아직까지도 화경의 고수인 자신이 감탄할 정도로의 발걸음을 유지하고 있었다.

더더욱 무서운 점은 그게 겉으로는 평범해 보이고, 자세히 살펴봐야 알 수 있다는 점이었다.

"흥흥흐흥."

진연은 콧노래를 부르면서 어느새 손에 쥔 식도를 재빠

르게 휘둘렀다. 파바밧 하고 채소들이 일정한 규격으로 완벽하게 잘려졌다. 놀라움 칼솜씨였다.

식도를 다루는 것 외에도, 야채를 다듬거나 손질하거나 불 조절 등도 능숙해 보였다. 과연 조리원주라는 이름을 계승할 만했다.

남들이 본다면 무공도 미색도 뛰어난데다가 요리까지 잘하니 그야말로 완벽하다며 배를 움켜 쥘 것이다.

그러나 적어도 저 요리만큼은 거저 얻은 것이 아니라는 걸 진양은 그 누구보다 잘 알고 있다.

확실히 진연은 남들에 비해서 뛰어나다. 하늘을 보고 불공평하다고 말할 정도다.

무공에 대한 천부적인 재능만 보자면 아마 그 천마와 비교해도 지지 않을 정도일 것이다.

허나 그렇다고 요리 실력까지 대단한 건 아니다. 청솔에게서 한참 배울 때는 정말 많은 실수를 했다.

간을 잘못 봐서 극단적으로 달거나 짜거나, 혹은 맛이 없어진 경우는 수도 없이 많았다.

검법을 배운 덕에 칼솜씨는 뛰어났으나, 어디까지나 그뿐이다. 칼질만 잘한다고 요리를 잘하는 게 아니다.

불 조절도 잘 못했고, 그 외에도 실수를 꼽자면 셀 수 없을 정도다.

다행히도 요리에 대한 재능이 암울할 정도로 없는 건 아니었으나, 그래도 남들보다는 부족한 편이었다.

무당파의 사람들 중 몇몇은 그런 진연을 보고 혀를 차면서 수군거리기도 했다.

"그러기에 왜 재능도 없는 것에 도전해서는……."

"그러게 말이야. 비록 여자의 몸이긴 해도, 재능이 저렇게 뛰어나다면 충분히 인정받고도 남을 텐데."

"재능이 아깝다."

무당파는 도가문파지만 동시에 무림의 문파다.

무공을 배우지 않은 도사가 있어도 주축이 될 정도는 아니다. 당연히 중요시하는 건 무공이다.

무공에 대한 재능이 저렇게나 뛰어난데, 굳이 무도까지 버리며 숙수의 길을 찾아간 걸 이해하지 못했다.

그리고 그 사람 중에도 진양 역시 있었다.

'비효율적이었으니까.'

사제로서 사저를 존경하고 사랑하기에 모진 말은 할 수 없었다. 하지만 그런 욕구가 없었던 건 아니다.

현대 지구의 사회에서는 이런 말이 있다.

좋아하는 것과 잘하는 것은 다르다.

그리고 대부분은 잘하는 것을 해야 한다고 말한다. 그게 더 낫고 먹고 살 수 있으니까. 당연한 일이다.

현대인의 사고방식으로서는 참을 수 없었다. 특히나 현실에 타협하고, 필요에 의해선 도덕적인 윤리관도 조금은 포기할 수 있는 진양 입장에선 더더욱 그랬다.

하지만 시간이 조금 흐르고, 청솔과 무당파의 가르침을 받으면서 점점 생각이 바뀌긴 했다.

'자신만의 길인가…….'

사저는 청솔의 가르침을 그대로 이어받았다.

누군가의 인생을 비극으로 망치고 싶지 않았다. 중원 무림의 은원관계에 대한 중요성을 배웠다.

그래서 사부처럼 무도를 자연스레 걷지 않게 됐다. 아니, 그뿐만이 아니라 무공에 관심이 없기도 하였다.

무공 자체가 싫은 건 아니다. 그러나 그 관심이 없어질 정도로 요리에 대한 즐거움이 더욱 많았을 뿐이다.

요리와 무공을 동시에 할 수 있다면 좋겠지만, 안타깝게도 그런 여유는 없었다. 요리에 시간을 투자하면 힘이 들고, 피곤해져서 다른 것에 힘을 쓰고 싶지 않았다.

그래서 누가 뭐라 하던 간에 그냥 무공을 포기하곤 요리에 힘을 썼다. 자신만의 길을 갈고 닦았다.

청솔은 그 선택을 존중하였으며, 장문인인 선극조차도 크게 아쉬워하긴 했으나 건드리지 않았다.

무인으로서 크게 될 천재를 잃은 건 아쉽지만, 도인으로서 그 선택을 한 제자가 자랑스러웠다.

고대로부터 개개인의 길을 존중한다는 걸 어기게 된다면 그건 더 이상 무당파가 아니게 된다.

하물며 그게 사도나 마도 같은 것이 아니니 무당파 입장에선 뭐라 할 수 있는 권한이 없었다.

"양아?"

"아, 네."

잠시 회상에 잠겼던 진양은 사저가 자신을 부르는 목소리에 정신을 퍼뜩 차렸다.

이에 진연은 그런 사제가 귀엽게 느껴졌는지 입가를 가리고 쿡쿡 웃었다.

"어머나, 양이의 멍한 모습은 오랜만에 보네."

"조금, 어렸을 때의 생각이 나서요."

"어머, 어머."

진연이 놀란 듯 눈을 동그랗게 떴다가, 이내 기분 좋은 듯이 생긋 웃으면서 사제에게 찰싹 붙었다.

"네가 일곱 살 무렵에 이불에 지도를 그린 일?"

"사, 사저!"

진양이 얼굴을 붉히면서 어쩔 줄 몰라 했다.

아홉 살 때 즈음에 전생의 기억을 알게 됐다. 그전까지는 다른 아이들과 별반 다를 것 없던 아이였다.

"너에 대해선 모두 자세히 기억한단다."

진연은 언제나처럼 뺨에 손바닥을 대고 웃었다.

* * *

사도련.

"무당신룡이 제남에 도착했다고 합니다."

야율종은 언제나처럼 부복한 채, 보고를 올렸다. 진양이 안휘에서부터 제남에 도착하기까지의 일이었다.

또한 최근에 개방의 제남지부장에게 부탁해 폐점된 객잔의 주방을 빌렸다는 최신소식까지 들어있었다.

"제남에 도착하기까지 별일은 없었느냐?"

"없었습니다."

"그런가. 예상대로군."

산적이나 도적이 그사이에 있긴 했었으나, 무당신룡 일행의 구성원들이 워낙 예사롭지 않아 덮칠 수 없었다.

몇몇은 진연의 숨이 막힐 듯한 미모를 보고 덤벼들려 했지만, 금방 저지를 당했다.

아무리 미녀가 좋다고 하지만 그렇다고 목숨보다 소중하지는 않았다.

일단 무림맹 무사들이 죄다 최소 일류 이상으로 구성되

어 있고, 진양이나 모용중광의 기도가 평범하지가 않았다. 두목 정도 되면 저들에게 덤비면 자살 행위라는 것을 깨닫고 얌전히 물러났다.

"말해라."

"예?"

"내 눈은 옹이구멍이 아니다. 물어볼 게 있으면 물어봐라."

사도련주가 성가시다는 어조로 말했다. 표정에는 궁금증이 묻어났다.

그 말에 야율종은 등골이 오싹했다.

사도련주는 무공도 머리고, 심지어 눈치도 재빨랐다. 그의 앞에서 무언가를 숨기는 건 불가능했다.

"그게…… 이대로 둬도 괜찮나 해서……."

야율종은 사도련주의 눈치를 보면서 조심스레 말을 꺼냈다. 다행히 사도련주는 아무렇지 않게 대답해줬다.

"멍청한 놈, 아직도 그 돈벌레의 성격을 모르나보군."

사도련주는 턱을 괸 채로 피식, 하고 조소를 흘렸다.

"금의상단주는 협의라거나 평화라거나 하는 말로 움직이는 자가 아니다. 보아하니 무당파의 조리원주가 껴있던데, 설사 황제가 못 먹어본 음식을 먹여준다 하여도 놈이라면 움직이지 않는다. 반대로 먹기만 하고 아무렇지 않게

'먹으라고 해서 먹었다.' 라고 할 놈이지."

사도련주의 목소리와 표정에는 확신이 깃들어 있었다. 그리고 대부분 그 확신은 틀리지 않는다.

무림맹이 정파의 영웅을 둘이나 꺼내서 제남으로 보낸 것은 조금 의외였으나, 그래도 예상한 일이었다.

그리고 그것만으로 금의상단주의 마음을 움직이지 못할 것도 미리 예상하였다.

"그렇다고 아무런 일도 일어나지 않는다고 말하는 건 아니다. 금의상단주라면 대화하기보다는 몸소 증명하라고 요구할 것이고, 무당신룡도 그에 대답할 터. 우린 그 틈을 노린다."

* * *

나흘이란 시간이 번개같이 흘렀다. 그 시간 동안 진양은 진연과 함께 북해의 요리를 재현하기 힘썼다.

풍정국에게 간을 보게 하거나 혹은 몇 가지 도움을 받아서 겨우겨우 완성할 수 있었다.

참고로 재료는 북해에서 받아온 것 중 반을 썼다.

어차피 냉약빙이 약조를 했기에 북해빙궁에서 무당파로 신선한 재료를 보내줄 것이니 마음껏 써도 된다.

나머지 반을 남긴 건 그냥 양이 좀 남아서 그렇다.

"빙석이라는 건 참으로 신기하구나."

참고로 요리 도중에 진연은 빙석에 담긴 신선한 해산물을 보고 눈을 휘둥그레 떴다.

북해빙궁에서는 그럭저럭 흔한 물건이지만 아무래도 중원에선 희귀한 가치를 할 수밖에 없다.

아마도 시장에 내두면 금세 팔릴 것이다.

어쨌거나, 북해인인 풍정국의 도움도 받고 진양도 북해빙궁에서 먹었던 기억을 살려서 재현에 성공했다.

시식을 해보았는데 북해의 음식과 미세한 차이는 있지만 거의 똑같았다. 풍정국도 엄지를 치켜들었다.

그리고 오늘, 약속된 날에 금의상단을 방문했다.

"어라."

금의상단을 방문한 진양은 의외라는 듯 눈을 동그랗게 떴다.

"하하하, 내 예전에도 신룡과 같은 반응이었소."

모용중광이 옆에서 재미있다는 듯이 껄껄 웃었다.

"의외로……그렇게까지 크지는 않군요."

금의상단의 제남지부는 딱 봐도 화려해 보이는 전각이었다. 층만 해도 십이 층 정도. 층수도 나름 많다.

확실히 크기도 컸다. 남들이 보면 위압감이 느껴질 정도였다.

그러나 상상했던 것만큼은 크지 않았다.

금의상단, 그것도 상단주가 자주 온다는 제남지부라면 정말 입이 떡 벌어질 정도로 어마어마할 줄 알았다.

그런데 실상 보니 또 그렇게까지 큰 규모는 아니었다. 제남을 둘러보면 이 정도의 전각은 흔한 건 아니지만, 그래도 가끔씩 눈에 들어올 정도다.

"금의상단주는 부를 과시하는 데 그렇게까지 돈을 쓰지 않습니다."

한때 금의상단만큼은 아니지만, 그래도 비슷하게 견줄 정도로의 대상인이 방문했다가 물은 적이 있었다.

'아니, 상단주께서는 천하를 살 수 있다는 말이 있을 정도로 돈이 많지 않소? 왜 이런 곳에서 사는 것이오?'

그 물음에 금의상단주는 이리 답했다.

'내 차라리 그 돈으로 다른 사업에 투자하겠소.'

솔직히 말해서 이 전각도 그렇게까지 싼 건 아니었다.

만들었을 당시, 전국의 이름 높은 명장들을 불러 설계하고 만들게 했다. 다만 '효율'만을 무척 따졌다.

쓸데없는 공간은 되도록 줄이고, 거의 대부분을 업무만을 위하도록 만들어두었다.

물론 그렇다고 점원을 위한 휴식처라던가 주방이라던가

잘 곳이 없는 건 아니었다. 있을 건 다 있다.

다만 금의상단주라는 명성에 비해서 그 규모가 작을 뿐이었다.

여하튼, 금의상단에 도착한 일행은 귀빈실로 안내를 받아 대기하였다. 미리 기별을 넣은 덕분에 안에 사람이 헐레벌떡 나와서 극진하게 안내해 주었다.

무당신룡정도 되는 사람이라면 금의상단 입장에서도 허투루 대할 수 없는 손님이다.

금의상단 내에서도 최고급이라 불리는 방으로 들여보내 주었고, 안휘에서 온 일행도 함께였다.

"양아, 괜찮다면 산책이라도 할래?"

"그렇다면 정원에 다녀오십시오. 구경거리가 많지는 않지만 그래도 잘 가꿔둬서 보기 좋습니다."

모용중광이 그 말을 듣고 추천해 주었다.

"모용 형께서는 오신 적이 있소?"

진양이 고개를 갸웃거리곤 신기한 듯이 쳐다보았다.

"이래 봬도 모용세가의 소가주지 않소. 전에 금의상단에 볼일이 있어서 많지는 않지만 몇 번 와봤소."

"과연."

금의상단은 무림, 특히나 정파와 많이 관련되어 있다.

그렇다면 정파 무림의 주축 중 하나인 오대세가, 모용세가의 소가주가 오는 것도 전혀 이상하지 않다.

아마 모용세가뿐만 아니라 대문파 출신이라면 금의상단주에게 얼굴을 익히게 하려고 방문했을 것이다.

진양과 진연은 모용중광이 추천한대로 정원으로 향했다. 길은 금의상단에서 붙여준 하녀에게 맡겼다.

"저도 가겠습니다!"

풍정국과 송유한이 함께 따라가려 했다.

"……어머나."

진연이 곤란한 듯이 웃으며 묘한 압박감을 줬다. 아무 말 하지 않지만, 자세히 보면 눈매에 그늘이 졌다.

"……."

풍정국과 송유한은 그 압박에 아무 말도 하지 못하고, 목을 자라처럼 움츠리더니만 함께 가겠다는 말을 철회했다.

"그런데 제가 갑자기 생각난 일이 있어서……."

두 남자는 말하면서도 이상함을 느꼈다.

분명 무위만 보자면 자신들이 한 수 위다. 진연이 이류에서 일류 정도의 무위를 지녔지만, 내공도 별로 없다.

어떻게 봐도 절정인 자신들이 위가 틀림없다.

그건 기도만 느껴도 확실히 알 수 있다. 설사 싸운다고 해도 지지 않을 자신이 있었다.

그런데도 이상하게 진연의 압박감에 몸이 절로 움츠려졌다. 기가 막힐 일이다.

"두 분 다 뭔가 맥 빠지시는 분들이네. 그렇지?"

"으음, 그러게요. 원래 저럴 사람들이 아닌데……."

진연의 뒤에 있어서 사저의 얼굴을 보지 못한 진양이 이상하다는 듯, 고개를 갸웃거렸다.

여하튼, 방해꾼(?)을 처리한 진연은 사제와 함께 오붓한 시간을 보내기 위해서 정원을 걸었다.

그러나 그 시간은 얼마 가지 못해서 또 다시 방해를 받고 말았다.

"여봐라—!"

진연은 울상을 지으면서 한숨을 내쉬었다.

일 년 가까이 사제를 안 봤다가, 겨우 만나서 이제 둘만의 시간 좀 가지려고 했다.

그래서 방해꾼들을 오는 족족 전부 다 해치웠다(?).

백리선혜같은 불여우와 도연홍같은 멧돼지도 저지했는데 왜 이 모양 이 꼴일까라는 생각이 들었다.

괴로워하는 사저와, 그 마음을 모르는 사제가 몸을 뒤로 돌렸다.

"허억, 뒤태가 장난 아니라고 생각했거늘 역시나 얼굴이 예쁘기 그지없구나."

몸을 돌리자 제일 먼저 보인 건 딱 봐도 재수 없으며 오만한 표정을 짓고 있는 사내놈이었다.

허나 그 신분은 확실히 범상치 않은 듯, 그의 주변에는 범상치 않은 인물들이 서 있었다.

남자들과 여자들이 골고루 어울려져 있었는데, 남자들의 경우는 잘 벼려진 칼날과 같은 무인들이었다.

여자들은 하나같이 미색이 뛰어났으며, 복장이나 자세를 보아하니 하녀같았다.

"……?"

진양은 눈앞의 사내를 보고 무언가 이상함을 느꼈다.

'어디선가 본 것 같은데……?'

기억해보려고 했지만 잘 기억이 나지 않는다. 어디선가 만난 것이 분명했다.

얼굴도 얼굴이고, 목소리도 들어봤다.

분명 많이 본 것은 아니다. 그렇지만 저 사내와 무슨 일이 있었던 건 분명하다는 기분이 들었다.

"어허. 뭘 그리 멀뚱멀뚱 쳐다보고 있느냐. 얼른 이리로 오지 못할까?"

사내가 엄한 얼굴로 목소리를 높였다. 당연하지만 아는 사람도 아닌데 갈 리가 없다.

'귀찮은 일이 벌어질 것 같은데.'

진양은 그런 그를 보고 속으로 생각했다.

전생의 지구에서 읽었던 무협지에 보면, 꼭 저런 놈이 시비를 걸고는 마련이다.

사람을 겉모습만 보고 판단하는 건 안 좋지만, 그래도 높은 확률로 그런 일이 일어나서 어쩔 수 없다.

"이놈들! 내 말이 들리지 않느냐! 설마하니 나를 능멸하는 것이냐!"

진양도 진연도 반응하지 않자, 사내의 얼굴이 홍시처럼 벌겋게 달아올랐다. 열기와 더불어서 혈압도 올랐다.

"죽고 싶지 않으면 튀어오는 것이 좋을 거다."

바로 옆에 있던 무인이 한 걸음 나서서 검을 뽑았다. 스르릉 하고 매끄럽게 뽑히는 소리가 은은하게 울렸다.

기도나 자세도 그렇고 검을 뽑는 걸 보면 일류의 끝자락 정도 즈음에 있는 것 같다.

"미친놈."

진양이 자기도 모르게 중얼거렸다.

지나가던 사람을 뜬금없이 부르더니만, 오지 않았다면서 능멸한다고 고래고래 소리를 지르고 있다.

심지어 옆에 낀 무인까지 나서면서 오지 않으면 죽일 것이라고 협박하니, 욕이 절로 나올 수밖에 없었다.

"미, 미친놈?"

사내의 귀가 밝은 편인지 그 말을 듣고 당황했다가, 이윽고 분노하였다.

"네 이노오오옴!"

"미친놈이라니, 강호가 내 귀여운 사제를 다 버렸네."

상대 쪽에서 소리를 지르건 말건, 진연은 눈썹을 구부리면서 한숨을 푹 내쉬었다.

"사, 사저……그게……."

진양이 말하고도 아차한 표정을 지으면서 머리를 긁적였다. 사저가 있다는 건 인식하고 있었지만, 저 사내의 행동이 워낙 황당해서 무의식적으로 중얼거렸다.

"저놈을 당장 내 앞으로 데려와라!"

사내가 화를 참지 못하며 진양을 보고 삿대질했다.

"저에게 맡겨주십시오."

처음에 말을 꺼낸 무인이 앞으로 나섰다. 그 발걸음은 자신감을 넘쳤다.

도중에 눈을 돌려서 진연을 힐끗 쳐다보곤 얼굴을 붉히기도 했다. 남자라는 건 정말로 슬픈 생물이다.

"이놈, 지금이라도 날 수고스럽게 하지 않는다면 팔다리를 부러뜨리는 걸로 봐주겠다."

무인은 진양이 워낙 당당하기도 하여, 혹시하는 마음으로 그의 무위를 가늠해 봤다.

그러나 일류밖에 되지 않는데 화경의 고수의 무위를 파악할 리가 없었다.

심지어 진양이 기도를 숨기고 있다 보니 더더욱 알아볼 리가 없었다.

만약에 진양이 기도를 풀어헤치고 있었다면 뒤에서 씩씩거리는 자신의 주인을 말렸을지도 모른다.

금의상단이 워낙 다양한 인물이 모이고, 무림의 고수들도 방문하다보니 가끔 보이곤 했다.

만약 나이라도 많았다면 경계했겠으나, 그런 것도 아니니 미녀 앞에서 폼을 잡으려는 놈으로 보였다.

"어떻게 이렇게 전형적일 수가."

한편, 진양은 또 이상하게 감탄 중이었다.

가끔씩 가다보면 정말 무협지에 나올 법한 상황이 자주 나온다. 방금 전에도 그랬다.

딱 봐도 신분만 믿을 것 같은 재수 없는 놈이 나타나서 미녀에게 시비를 걸고, 옆의 남자에게도 해코지한다.

정말로 짜 맞춘 것이 아닐까, 아니면 드라마 촬영이 아니까라는 생각이 들 정도로 완벽했다.

진양은 재미있다는 듯이 '호오. 호오.' 하고 다가오는 무인을 쳐다봤고, 그 시선이 무인을 분노하게 했다.

"네 이놈!"

분명히 기회를 줬는데도 받아들이기는커녕 자신을 비웃는 것처럼 보았다. 다만 저 당당함에 좀 쫄긴 했다.

'옆에 저런 미녀를 끼고 있고, 이곳에 있는 걸 보면 저 놈도 제법 있는 집 자식인 것 같지만…… 그래도 내가 모시는 주인에 비해선 대단하진 않겠지.'

뒤에서 지켜보고 있는 사내는 무림맹에서도 함부로 대할 수 없는 신분이다. 무인은 그걸 믿었다.

실제로 금의상단에 날고 긴다는 귀한 집 자식이 왔지만 그 누구도 자신의 주인을 함부로 대하지 못했다.

"팔 하나를 잃어봐야 정신 차리겠구나!"

무인이 검을 뽑았다면 뭐라도 베야하지 않겠는가!

그는 방금 전에 뽑았던 검을 손에 쥐고 휘둘렀다.

第六章

정사무의(正邪無意)

쐐애애액.

검이 그럭저럭 적당한 빠르기로 날아온다. 일류 검수의 검은 대단하게 보이겠지만, 진양에게는 아니다.

하품이 나올 정도로 느릿느릿하게 느껴졌다. 모용중광에 비하면 태양 앞에 반딧불이었다.

진양은 제자리에서 한 걸음도 움직이지 않고 손만 들어서 날아오는 검을 잡아챘다.

"뭔……!"

무인이 순간 상황 판단을 하지 못하고 당황했다. 뒤에 있던 무인들도 흡 하고 숨을 삼키는 소리를 내뱉었다.

"한 번은 봐주나 두 번은 봐주지 않습니다."

진양이 눈을 가늘게 뜨면서 낮췄던 기도를 정상으로 되돌렸다. 그러자 무인의 얼굴에 식은땀이 맺혔다.

'고수!'

방금 전의 일검(一劍)은 실수 따위가 아니다. 정말로 팔을 벨 생각으로 전력을 다해 휘둘렀다.

설사 팔이 잘려도 뒷수습은 자신의 주인이 처리해 줄 것이라 믿어 의심치 않아서 그렇다.

하지만 그 일검을 손으로 너무나도 쉽게 낚아챘다. 결코 우연 따위가 아니라, 순수한 실력이었다.

특히나 코앞에서 느껴지는 기운. 숨이 절로 턱턱 막히고 심장이 고장 난 것처럼 미친 듯이 뛰었다.

어깨도 미세하게 떨리기 시작했고, 그 눈을 감히 마주치지 못해 동공이 지진이라도 일어난 듯 흔들렸다.

'죽는다!'

마주한 눈동자에서 주저하지 않는 평정함을 엿보았다. 정말로 두 번 덤빈다면 죽는다.

"에잇, 이놈! 뭐하고 있느냐! 멍청하게 검이나 잡히고! 네가 그러고도 검사냐!"

공포에 떨고 있는 동안 뒤쪽에서 주인의 성난 목소리와 욕설이 들려왔다.

보는 눈이 많은데 대놓고 욕을 먹으니 기분이 나쁠 만했으나, 전혀 그러지 않았다. 반대로 초조하기만 했다.

'어떻게 하지?'

정말로 또 덤비면 죽는다. 그렇다고 여기서 그의 말을 거부하게 되면 일자리를 잃는다.

주인의 성격이 좀 개 같아도 보수는 잘 준다. 그냥 주는 것도 아니고 상당히 많다. 게다가 종종 데리고 다니면서 고급 기루의 기녀들도 마음껏 안게 해준다.

일류 무사가 된 이후로 이보다 더한 대우를 해 준 적이 없었다.

"……크으윽!"

무인은 이내 고민을 끝내고, 피눈물을 흘리면서 뒤로 물러났다. 아무리 돈이 좋아도 목숨보다 귀하진 않았다.

"이 겁쟁이 새끼가!"

그러자 예상한 듯, 주인이 얼굴을 일그러뜨리면서 혐오스런 눈으로 무인을 째려보았다.

"네놈은 모가지다!"

그 성깔은 또 얼마나 지랄 같은지, 기분을 조금이라도 상하게 되면 정말로 가차 없다.

아마 평생 동안 금의상단과 연관된 일을 결코 구하지 못할 것이다.

"네놈들은 뭐하고 있느냐! 얼른 저놈들을 데려오지 않고!"

그가 불같이 화를 내면서 다른 무인들에게 호통 쳤다.

그 목소리에 주변에 있던 하녀들이 화들짝 놀라며 두려운 표정을 지었다.

주인이 화나면 무섭다. 그가 화내는 모습을 보였을 때, 정말로 목이 잘린 사람들이 있었다.

"끄으응……."

그러나 그 호통에도 누구도 움직이지 않았다. 그들도 직장을 잃고 싶지 않아 덤비고 싶은 마음은 굴뚝같았으나, 방금 전의 모습을 보고 감히 다가갈 수가 없었다.

일류의 무인이 가진 눈은 결코 장식이 아니다. 비록 뒤에서 보긴 했어도 확실히 그 광경을 보았다.

"아니, 이것들이 단체로 미쳤나. 내가 누군지 아느냐? 금의검문의 호영창이다!"

"……아!"

진양이 놀란 듯 눈을 휘둥그레 떴다. 머릿속에서 천둥번개가 쳤다.

호영창이라는 이름을 듣자마자 곧바로 누구인지 머릿속에서 떠올릴 수 있었다.

백리선혜와의 만남 때, 그 자리에 호영창이 있었다. 금의검문의 소문주라는 지위 덕에 놀라워했었다.

"그 조루……?"

"뭐, 뭐, 뭐, 뭐라고!"

자신의 이름을 댔는데, 다른 곳에서 조루라는 말이 튀어 나왔다. 반응하지 않을 리가 없다.

호영창은 고개를 번개같이 돌려 두 눈을 부릅뜬 채로 진양을 죽일 듯이 노려보았다.

"지금 누구를 앞에 두고 그딴 망발을 하느냐!"

"음, 아무래도 날 기억하지 못하나."

호영창이 소리를 지르건 말건 진양은 전혀 신경 쓰지 않고, 턱을 매만지면서 의외라는 듯이 중얼거렸다.

그래도 예전에 코까지 부러뜨리면서 혼내 주었다. 꽤나 치욕인 기억일 텐데, 기억 못 하는 걸 보고 신기했다.

'곤란한걸.'

이대로 둔다면 호영창과 필히 한 판 할 것 같았다.

하지만 여긴 금의검문, 그것도 손님의 입장으로 왔다. 소란을 일으킬 수는 없는 노릇이다.

물론 지금도 소란이긴 하지만, 아직 규모가 작다. 금의검문의 소문주를 눕히게 된다면 정말 심각해진다.

금의상단주를 설득하러 온 것인데 그리 할 수는 없었다. 어찌해야할지 고민이 됐다.

"뭔 소란이냐."

그때였다.

주변의 시선을 끌 정도로 소란이 커질 무렵, 어디에선가 위압감이 느껴지는 목소리가 들려왔다.

그리고 진양은 그 목소리를 들은 순간 바짝 긴장하여 온몸을 경계태세로 돌렸다.

'이건…….'

온몸에서 경계 신호가 시끄럽게 울려댄다. 세포 하나하나가 자극되어 활발하게 움직였다.

머리카락은 물론이고 솜털까지 긴장으로 쭈뼛 섰다. 땀이 주르륵 하고 흘러내렸다.

"허억!"

기고만장하던 호영창도 목소리를 듣자마자 기겁하면서 태도를 바꿨다.

오만하게 세워진 턱을 아래로 낮추고, 눈도 아래로 깔았다. 눈을 어디다 둬야할지 곤란해 했다.

그 호영창이 이런 모습을 보인다면 평소 알고 지내던 사람들이 놀라겠지만, 누가 나타타난 것인지 안다면 과연. 하고 머리를 끄덕이면서 수긍할 것이다.

"뭔 소란이냐고 물었다."

"그, 그게……."

호영창이 제대로 된 답도 해 주지 못한 채, 눈치만 보기 바빴다. 혹시라도 한소리 들을까봐 두려워했다.

아무도 대답하지 않자, 상대 — 노인의 얼굴이 점차 굳기 시작했다. 그걸 본 진양이 얼른 포권으로 인사했다.

"후배가 선배님을 뵙습니다."

호영창으로 향하던 시선이 진양에게로 돌아갔다.

"본 적 없는 얼굴이군."

노인이 뒷짐을 쥐고 머리를 위로 들었다. 허리를 꼿꼿하게 세웠는데도 키가 그다지 크지 않았다.

대략 가늠어 보면 오 척 정도였다. 골격도 장대한 편이 아닌지라 체구가 크지는 않았다.

다만 얼굴은 험상궂은 편에 속했다. 상당한 주름에다가 크고 작은 흉터로 가득했다.

눈은 옆으로 쫙 찢어져 검보다 날카롭고 입은 고집스러운 듯 굳게 닫혀있었다.

솔직히 말해서 얼굴에 흉터가 워낙 많아서 표정도 제대로 알아볼 수 없을 정도였다.

"노부를 아는가?"

노인이 눈을 가늘게 뜬 채로 물었다.

"무림육존, 낭왕 오견 어르신을 누가 모르겠습니까."

무림육존, 낭왕!

단 여섯 명밖에 남지 않은 절대고수 중 한 명이다.

진양도 오견을 본 적은 없었다. 생김새에 대해서도 들은 바가 없다. 얼굴의 흉터가 꽤나 인상적이긴 하지만, 낭인 출신 중에서 흉터 없는 사람이 더 보기 힘들다.

허나 진양은 오견을 보자마자 이 사람이 낭왕이라는 걸 눈치챌 수 있었다.

얼굴의 흉터는 그렇다 치고, 애초에 자신이 경지를 알아볼 수 없는 무인은 중원에 별로 없다.

무공을 아예 배우지 않았다면 모른다. 하지만 오견은 어떻게 봐도 무림인이다. 그렇다면 답은 뻔하다.

"무당신룡인가."

오견이 호기심 어린 눈길로 쳐다보며 확인 차 묻는다.

"예."

진양이 짧게 답했다.

"……흡!"

주변에서 숨을 삼키는 소리가 들렸다.

'정말로 죽을 뻔했다!'

처음에 검을 휘둘렀던 무사는 목을 매만지며 침을 꿀꺽 삼켰다. 그 안색은 새파랗게 질려있었다.

무당신룡이 누구인가. 아군에게는 영웅이나, 적에게는 악마라 불리는 신진고수이다.

만약에 그 경고를 무시한 채 싸움을 걸었다면 지금쯤 염라대왕과 마주보고 있었을 것이다.

“낭왕 어르신, 후배가 질문 하나 올려도 되겠습니까?”

“말해라.”

“어떻게 절 알아보셨습니까?”

“노부를 봐도 정신 차리고 똑바로 말하는 놈은 몇 없다. 그리고 네놈이 어느 정도인지 대충 알 수 있거든.”

가늘어진 눈매 속, 짐승을 연상시키는 눈동자에 진양의 무덤덤한 얼굴이 비춰졌다.

“어머…….”

옆에 있던 진연에게서 힘겨운 소리가 흘러나왔다. 얼굴도 살짝 하얗게 질렸다.

“음, 미안하구나.”

무심코 진양을 이리저리 살펴보다가, 그 시선과 기세가 흘러서 곁에 있는 진연에게도 옮겨졌다.

그 기세는 그다지 대단한 건 아니었다. 그러나 절정 이하가 받기에는 부담스러웠다.

“앗, 신경 써 주셔서 감사합니다.”

진연은 얼굴에 맺힌 땀을 소매로 닦아내곤 허리를 숙이며 공손하게 인사했다.

‘그나저나, 정말로 사나우신 분이로군.’

말투나 태도를 말하는 것이 아니다. 목소리나 억양을 보자면 반대로 점잖은 편에 속했다.

그러나 그 안쪽은 전혀 아니었다.

목소리에 실렸던 경험, 눈동자에 비춰진 마음을 조금 엿보았을 때 들었던 기분은 말로 설명할 수 없었다.

여태껏 봤던 절대고수는 네 명이었다.

전대 무림맹주였던 검존 지무악, 마교 교주 천마, 장문인인 선극, 황보세가의 가주 권왕 황보욱이다.

당연한 이야기지만 무위가 어떤지는 보고도 잘 몰랐다. 각자 고유의 분위기를 풍기고 있었다.

선극의 경우에는 옆집 할아버지처럼 편안하고 부드러운 분위기였고, 지무악은 위엄 있는 지도자였다.

황보욱은 무거움 그 자체이며, 동시에 태산이었다.

천마는 괴물이었다. 사람이 아니라는 생각밖에 들지 않는다. 그야말로 하늘이 내린 악귀라는 느낌이었다.

그리고 — 낭왕, 오견은 '사납다' 였다.

실례되는 생각이긴 하지만, 과거에 별명이 투견이나 광견은 아닐까라는 의문이 들 정도였다.

낭인으로서 산전수전 겪은 느낌이랄까. 자다가도 가까이 다가가면 눈을 번뜩 뜨며 검을 휘두를 것 같았다.

예리하게 잘 벼린 검 같기도 하고, 경계심 가득한 상처 입은 맹수를 연상시키기도 했다.

"소문주."

오견이 눈살을 찌푸리면서 호영창을 불렀다.

"예, 옙! 어르신!"

호영창이 말을 더듬으면서 부름에 답했다.

"네놈이 어떤 여자에게 수작을 부리던 간에 상관없으나, 대가리가 있다면 상대를 봐가면서 해라."

호영창이 입을 꾹 다물고 머리를 위아래로 흔들었다.

"무당신룡은 귀빈이지 않느냐. 만약 그에게 실례를 범했다는 사실이 세간에 알려진다면 금의상단에 대한 신뢰도 떨어지겠지. 장사치에게 신뢰가 떨어진다는 것이 무슨 의미인지 너라면 잘 알 게다. 만약 큰 일로 번져서 상단주의 귀에 들어갔다면 어떻게 될 것 같으냐?"

오견은 말 한 번 더듬지 않고 호영창을 꾸짖었다.

"용서해 주십시오!"

호영창이 눈물을 찔끔 흘리며 허리를 굽혔다. 조금 과장해서 이마가 땅에 닿을 정도였다.

이에 오견은 호영창이 뭘 하건 간에 눈길 한 번 주지 않고 턱짓으로 정원 바깥의 건물을 가리켰다.

"따라와라, 무당신룡. 상단주에게로 안내하지."

*　*　*

달그락 달그락.

고풍스런 분위기의 방. 그 내부에는 어떠한 잡담 없이 식사가 이루어지고 있었다.

간간이 숟가락과 젓가락을 올렸다가 내려두는 소리만 날 뿐, 숨소리조차도 제대로 들리지 않았다.

각자 자리 앞에는 금으로 된 자그마한 식탁이 위치해 있었고, 그 위에는 산해진미가 놓여있었다.

북해에서만 서식한다하는 북해어(北海魚)는 방금 전에 막 살아있던 걸 잡은 듯, 싱싱해보였다.

그 외에도 하나같이 중원에서는 거의 구할 수 없다는 진귀한 재료로 된 요리밖에 없었다.

또한 중원의 숙수가 어설프게 따라한 것도 아니었고, 북해의 숙수만큼 제대로 된 기술이 들어간 요리였다.

진연이 진양과 풍정국의 도움을 받아서 혼신을 다한 덕에, 완전히 똑같지는 않지만 비슷한 게 만들어졌다.

"음."

상석에 앉은 중년인이 젓가락을 내려놓았다. 그 얼굴에는 만족스러운 표정이 묻어났다.

"정말로 맛있었소, 조리원주. 그대의 솜씨에 내 진심으로 감탄하는 바요. 이렇게 진귀한 음식은 한동안 먹은 기억이 없었는데, 정말로 감사드리는 바요."

중년인 — 금의상단주 인상대(仁商大)가 흡족해했다.

세상에는 돈으로도 못 구하는 것이 있기는 하다. 대표적으로 북해빙궁의 요리가 그렇다.

북해빙궁에 빙석이 남아나는 건 아니다. 그래서 팔라고 해도 잘 팔지 않는다.

설사 재료를 어찌어찌 북해빙궁에게 돈을 넣어 구해온다고 해도, 조리법을 모르기에 제대로 된 맛을 살리기가 힘들다. 이런저런 조건이 있다 보니 먹기가 힘들다.

아니, 애초에 그 돈으로 차라리 중원의 다른 고급 음식을 먹는다. 그게 좀 더 이득 적이다.

본연의 맛을 살리기도 힘들고, 돈만 왕창 드는 걸 굳이 고생해서 찾아서 먹을 필요가 없다.

조금 아쉽긴 하지만 어쩔 수 없었다. 애초에 인상대는 비효율적인 걸 싫어하는 성격이다.

또한, 재료가 상하지 않고 곧바로 먹으려면 적어도 북해의 인근인 하북에서 좀 머물러야 할 필요가 있다.

하지만 그렇게 되면 지금까지 지켜왔던 일정 관리가 엉망이 된다. 그러면 금전적으로 손해가 나오게 된다.

인상대는 그게 죽는 것만큼 싫다. 이렇다보니 북해의 요리에 그다지 관심을 두지 않았었다.

헌데 진양이 북해빙궁에서 빙석과 함께 재료를 잔뜩 받아왔고, 심지어 조리법까지 알아냈다.

거기에 최근 무당제일미라 불리며, 웬만한 일에도 강호에 나오지 않는다는 무당파의 조리원주가 손수 나서서 대접해줬다. 돈으로도 살 수 없는 진귀한 경험이다.

“자아, 그럼 배도 불렀으니 우리 — 이제, 본격적인 이야기를 해야 하지 않겠소?”

인상대는 겉치레라는 걸 좋아하지 않는 편이었다.

칼자루를 저쪽이 지니고 있고, 그 상대를 조심해야할 경우는 신경 쓴다. 하지만 그러지 않을 경우, 모조리 무시한 채 상대가 무례하게 느껴도 거침없이 말했다.

“미리 말해두지만 빙빙 돌려 말하는 건 좋아하지 않는 편이오.”

인상대가 턱을 괴고, 장죽(長竹)을 꺼내 입에 물었다. 뻐금뻐금하고 탁한 연기가 뭉게뭉게 피어올랐다.

솔직히 말해서, 금의상단주를 처음 봤을 때 꽤나 놀랐다.

보통 상인, 그것도 대상인이라 하면 살이 쪄서 둔중한 체구를 하고 있을 것이라 생각하기 마련이었다.

그러나 인상대는 살이 많지도, 적지도 않은 편이었다.

나중에 들어보니, 인상대는 끼니를 딱 적절량만 섭취한

다고 한다. 그 이상 먹게 된다면 '어차피 이거 안 먹어도 살 텐데, 차라리 그 시간에 돈을 버는 게 낫다.' 라면서 거절한다고 한다.

"용건이 뭐요?"

"그것이……."

진양은 인상대의 눈치를 보다가, 그가 눈살을 찌푸리는 걸 보고 그냥 솔직하게 말했다.

과거, 전생에서도 이렇게 까탈스러운 사람이 있었다. 그 사람 역시 의미 없는 시간을 소비하는 걸 병적으로 싫어했다. 이런 부류에겐 조금 실례일지는 모르겠으나, 차라리 똑같이 직설적으로 말해 주는 게 좋다.

"흐응."

만약, 이 자리에 금의상단에 소속된 상인들이 자리에 앉아있었더라면 불같이 화를 내며 일어났을 것이다.

아무리 무림맹이라 하여도, 이런 무례가 또 없다.

대놓고 금의상단이 사도련과 내통하고 있을지도 모른다고 말하다니. 대놓고 역적 취급하는 것이었다.

그래서 최대한 기분이 나쁘지 않도록, 금의상단 내부에 내통자가 있을 것 같다고 말하였다.

하지만 그 노력은 곧 쓸모없는 것으로 돌아갔다. 아니, 그 정도가 아니었다. 진양도 진연도 감히 상상하지도 못한 경악스러운 대답이 들려왔다.

"사도련과 접촉한 것이냐고 묻는다면 맞소. 사도련주가 직접 사람을 보내왔고, 나와 대화를 나누고 갔소."

"어, 어머……?"

그 진연조차도 눈을 휘둥그레 뜨면서 동요를 감추지 못했다. 언제나처럼 뺨을 손에 대고 곤란해 했다.

인상대가 워낙 당당해서 반대로 이쪽이 더 이상하게 느껴질 정도였다.

옆에 있던 진양도 처음에는 당황했다가, 진기를 끌어 올려 평정을 되찾으며 물었다.

"혹시 어떤 대화를 나누었는지 알 수 있겠습니까?"

"뭐, 전부 설명하면 시간이 아까 우니 대충 요약해서 말해 주겠소. 사도련이 대신 비호해 줄 테니 무림맹에 대한 지원을 끊고 그쪽으로 와달라는 제안을 들었다만."

인상대가 아무것도 아니라는 듯이 엄청난 발언을 했다. 아무리 직설적이라고 그렇지, 이 정도일 줄은.

"그리고 그걸 받아들였소."

"……무, 무슨……!"

이보다 더 갑작스러운 적은 없었을 것이다. 전개가 너무 빨라서 따라갈 수가 없었다.

인상대가 아무리 시간이 아까운 걸 싫어한다고 했지, 이 정도의 무게를 지닌 말을 그냥 할 줄은 몰랐다.

인상대는 그 반응이 재미있었는지 피식, 하고 웃음을 흘렸다. 그리고는 장죽에서 연기를 폐 깊숙이 빨아들였다가 바깥으로 내뱉어서 잿빛 구름을 만들어냈다.

"어찌하여 그런 선택을 하신 겁니까?"

진양은 흔들림 하나 없는 목소리로 태연하게 물었다. 그 목소리에는 분노도, 원망도 없었다.

오직 그 답을 듣고 싶은 순수한 의문뿐이었다.

"무당신룡. 이 몸은 그대나 옆에 있는 낭왕처럼 무인이 아니오. 그저 장사치일 뿐이지."

그저 장사치는 아니다. 무림은 물론이고 황궁에서조차 함부로 건드릴 수 없는 대상인이다.

"자고로 장사치란 건 보다 이익이 되는 것을 쫓아가기 마련이오. 그게 투자라면 더더욱 그렇지."

인상대의 눈동자가 차갑게 빛났다. 그 눈에선 어떠한 감정도 느껴지지 않았다.

"약 오십여 년 전에 일어났던 정사대전 때, 이 몸은 오늘날처럼 무림맹에게 많은 지원을 해줬소."

무림맹이 괜히 금의상단에게 쩔쩔매는 것이 아니었다. 그만큼 빚진 것이 많아서 그렇다.

다행히 돈을 갚으라는 말은 나오지 않았지만, 그 대신에 부탁하는 일은 힘들어도 다 들어줘야했다.

어쨌거나, 이렇게 전쟁 물자뿐만 아니라 그 외에도 낭인들을 대거 고용해서 전력에 도움을 주기도 했다.

당시 이 행동에 수많은 정파인들을 포함하여, 무인이 아닌 자들도 박수를 치면서 칭송을 아끼지 않았다.

"정파(正派)라는 건 올바르고, 예의바르고, 도덕적인 자들이 모인 부류를 말하지 않소?"

정파를 도울 경우 상인 입장에선 명성도 부분에서 상당한 이익을 얻는다.

"그야말로 백(白)이자 선(善)이지. 이런 이들을 도울 경우, 그만큼 금의상단의 이름도 높아지고."

반대로 사파를 도울 경우, 백성들에게 사도에 빠졌다며 비난을 받을지도 모른다. 명성적으로 좋아지기는커녕, 잘못하면 신뢰도가 떨어져서 손해를 입을 것이다.

"본 상단의 이름만 봐도 나에 대해서 잘 알 수 있을 거요. 돈에 뜻을 둔다(金意)."

오직 이익만을 위해서 움직이는 집단.

"무당신룡, 날 뭐라 욕해도 상관없소. 솔직히 툭 까놓고 대놓고 말하지."

인상대의 눈이 가늘어졌다.

"과거의 정사대전에서 무림맹에게 손을 들어준 건 정의

라거나, 무림의 평화라거나 그딴 시시한 연유가 있어서가 아니오. 난 그딴 것에 조금도 관심이 없소."

정도라거나, 사도라거나 상관없다.

그걸 이해할 생각도 없고, 이해하지도 못한다.

그들의 철학을 앞에 낭송한다고 해도 소귀에 경 읽기에 지나지 않는다. 인상대는 정말로 관심이 없다.

싫어한다거나 그런 게 아니다. 어떤 방식의 무공이 맞다 틀리다도 아니다. 협의건 도가무학이건 불가무학이건 간에 정말로 눈곱만큼도 관심 없었다.

금의상단주로서 인상대에게 중요한 건 오직 하나. 돈이 되느냐, 마느냐다.

"미리 말해두지만 무학이다 깨달음이다 뭐니 말할 생각이라면 당장 돌아가는 게 좋을 거요."

인상대는 생각하는 것만으로도 성가시다는 듯이 눈살을 찌푸렸다.

"그대가 태어나기 전부터 그 소리는 정말 질리도록 들어봤소. 정말로 다양한 위인들이 다녀갔소. 그중에는 전대의 절대고수들도 있었으나, 나에게는 안 통했소."

진양은 아무런 말도 하지 않았다. 진연은 옆에서 조금 불안해 보이는 모습을 보였다.

무당파의 제자들에게서 어떠한 말도 돌아오지 않자, 인

상대는 그제야 만족한 듯 표정을 풀고 다시 이야기를 계속했다.

"전에 일어났던 정사대전은 원래 팽팽하였으나, 지금은 죽고 없는 검존의 등장으로 상황이 변했소."

지무악이 괜히 별다른 소속 없이 무림맹주로 추대된 것이 아니다. 그만큼 터무니없는 공을 세워서다.

그의 등장으로 인해 정파는 조금씩 우세해졌고, 인상대는 그걸 지켜보고 있다가 냉큼 끼어들어 지원했다.

즉, 금의상단주는 중립에 서서 누가 유리해지는지 기다렸다가 우세한 쪽을 지원한 것이었다.

"결국은 검존을 앞에 세우고, 물자와 자금을 지원해 주는 걸로 정파는 승리하고, 사파는 패배했지."

사파가 완전히 멸하지는 않았지만, 그 전쟁으로 인해 오십년 동안 제대로 된 활동도 하지 못하고 숨죽였다.

"상인은 투자를 잘해야지."

인상대의 입가에 진한 미소가 번졌다.

"지금 와서 정파에 투자해 봤자 뭐가 나오겠소?"

금의상단주 앞에서, 무림은 장사판일 뿐이었다.

第七章

변응생공(變應生功)

정사대전을 앞에 두고 있는 현 무림 상황에서 승세가 어디 있냐고 물어본다면 당연히 사파다.

정파에서는 북해빙궁의 지원 병력을 얻어내거나, 모용중광이 화경에 오르는 등 경사스러운 일이 있기는 했다.

그 외에도 수화사태가 여러 방면으로 노력한 덕에 중립 세력을 정파로 끌어오기도 하였다.

"무림맹이 정마대전이 끝난 직후에 비해서 나아진 것은 사실이긴 하지만…… 그것만으로는 부족하오."

아직 우세한 건 사파이다. 정마대전에서 손실된 전력을 일 년 만에 회복하는 건 정말로 많이 힘들다.

어쩌면 정파를 도왔다가 투자한 것을 조금도 되돌려 받지 못할 수가 있었다. 그걸 용납할 수 없어, 고민한 끝에 지원해 줄 세력을 무림맹에서 사도련으로 바꿨다.

확실히 사파를 돕는다면 상당한 비난을 피할 수는 없지만, 그래도 정파를 돕는 것보다는 나았다.

자금이나 물자를 삼 할 정도로 내주었는데도 무림맹이 패배한다면 정말 아무것도 남지 않는다.

아니, 반대로 이후 사파가 무림을 지배하게 되면서 어떤 불이익이 올지 모른다.

"그래서 사도련주의 제의를 받아들였소. 그게 좀 더 이익이니까."

짧으면서도 길게 느껴졌던 이야기가 끝났다.

진양이 제일 먼저 느낀 감정은 '이해' 였다.

'정말로 너무 맞는 말이라 뭐라 할 수가 없구나.'

동시에 설득할 사람으로 자신이 왔다는 것에 진심으로 다행이라는 안도감을 갖기도 했다.

아마 장로진 중에서 누군가 왔다면 바로 얼굴을 붉히며 화를 냈을 것이다.

설사 낭왕이 눈앞에 있어서도 개의치 않아할 것이다.

돈 — 나아가 이익이 될 곳에 붙겠다니. 돈이 되지 않아서 정파의 지원을 끊겠다는 말은 크나큰 모독이었다.

인상대의 금도(金道)는 어찌 보면 사도만큼 질이 나쁠 수도 있었다.

그러나 진양은 아니다. 그의 사고방식은 정파인과는 좀 많이 달랐다.

다른 정파인이라면 이 이야기를 듣고 대부분은 설사 손해를 받는다고 해도 올바른 편에 힘을 보태야한다며 필히 주장했을 것이다.

무림의 평화를 위해서라면 응당 돈 정도야 쓰는 것이 뭐가 아깝냐고 목소리를 높였을지도 모른다.

그러나 인상대 입장에선 그보다 터무니없는 개소리는 없다.

그에게 있어 중요한 가치는 오직 돈이다. 무림의 평화건, 멸망이건, 정파건 사파건 그다지 관심 없다.

애초에 자신은 상인이지 무인 같은 것이 아니다. 몇 번이나 말하지만 그딴 거엔 정말 관심 하나 없다.

아니, 애초에 괜히 정파에 걸었다가 손해를 크게 입고 다른 대상인들에게 사업을 빼앗길지도 모른다.

금의상단은 천하제일의 상단이나 그렇다고 무적은 아니다. 당연히 경쟁자고 있다.

그들은 비록 겉으로는 눈치를 보면서 좋은 관계를 유지하려고 해도, 호시탐탐 금의상단의 사업장을 노린다.

사업장 한둘을 빼앗는 것은 타격이 없어도, 그게 세 개 네 개로 바뀌었다간 금세 천하제일이라는 이름을 잃을지도 모른다.

인상대가 워낙 불공평하게 느낄 정도로 대단한 상재를 지니고 있긴 하지만, 그건 다른 대상인도 마찬가지였다.

"이렇게 진귀한 요리를 대접해 줘서 감사하는 건 거짓이 아니오. 그러나 무림의 운명을 모두 담기에는 너무나도 부족하지 않겠소. 대신 내 다른 걸로 보답 드리지."

인상대가 더 이상 볼일 없다는 듯이 말하자, 옆에 앉아있던 진연이 어쩔 줄 몰라 하며 불안해했다.

"재료와 조리법까지 나에게 판다면 금으로 천 냥 정도 주겠소. 꽤 괜찮은 이야기 아니오?"

은도 아니라 금으로 천 냥이라니. 이 정도 가격도 상당하다.

아무래도 북해의 요리 자체는 인상대가 무척 마음에 들었던 모양이었다.

"상단주님."

허나 진양은 그 제의에 대답하지 않았다.

"말해보시오."

인상대가 장죽을 검지로 툭툭 건드려 재를 털어냈다.

"어찌하면 그 마음을 되돌릴 수 있겠습니까?"

"호오."

인상대가 의외라는 듯 눈을 껌뻑였다. 그동안 입을 다물고 어떠한 반응도 하지 않던 오견도 반응을 보였다.

"과연, 영웅이라는 것인가."

인상대가 재미있다는 듯이 웃었다.

"자고로 무인, 특히나 정파인이라는 것들은 자존심을 목숨보다 더 값지게 여기던데 — 그대는 아니구려."

정파 입장에서 방금 전 대화는 모욕이나 다름없었다.

하지만 그는 한 번도 반응하지 않았다. 눈동자조차도 흔들림 하나 없는 평정함을 유지했다.

거기에 북해에서 고생고생해서 얻어온 재료와 조리법이거늘, 아무렇지 않게 돈으로 사겠다니.

화를 내도 전혀 이상하지 않았다.

"어째서 그리 저자세요?"

인상대가 턱을 괸 채 궁금하다는 듯이 물었다.

무당신룡이라하면 무림에서 모르는 자가 없는 영웅. 턱 좀 세우고 다녀도 누가 뭐라 하지 않다.

"자칫 잘못하면 제 자존심으로 인해서 사문과 가족을 잃을 수 있기 때문입니다."

금의상단이 사도련에 붙으면 정파는 멸망한다. 이건 확신이었다. 여기에 '만약' 이라는 경우는 없었다.

전쟁에 돈이라는 건 그만큼 중요하다.

돈이 없다면 물자를 구할 수가 없다. 아니, 그전에 무인들에게 제대로 된 보상을 할 수가 없었다.

무림맹이 아예 돈이 없는 건 아니었으나, 삼 할이나 되는 예산이 빠져나간다면 정말 상황이 심각해진다.

어쩌면 버틸 수도 있지만, 금의상단이 사도련에게 붙는다면 끝. 이기는 건 거의 불가능하다.

이런 상황에서 고작 자존심 때문에 머리를 빳빳하게 세울 생각은 없었다.

바로 곁에 있는 진연을 비롯하여 무당산에 있는 식솔들을 생각해서라도 살릴 수 있다면 뭐든지 해야 했다.

"적어도 쓸데없는 대화로 시간을 날릴 염려는 하지 않아도 되겠구려. 과연, 대화할 가치가 좀 생겼소."

인상대의 눈빛이 변했다.

"내 솔직히 말하면, 사도련보다는 무림맹에게 손을 들어주고는 싶소."

'됐다!'

진양은 속으로 안도의 한숨을 쉬었다.

겉으로는 아무렇지 않은 척하고 있었지만, 만약에라도 그가 자신에게 볼일 없다고 할까봐 노심초사했다.

"그동안 협력하여 쌓아둔 것이 있으니, 그걸 그대로 잃는 건 아무래도 좀 아깝지 않겠소?"

사도련과 손을 잡게 되면 다시 처음부터 신뢰 관계를 구축해야 한다.

그 외에도 상단을 보호해 주거나, 교역료에 배치하는 등 신경 쓸 것이 많아졌다.

무엇보다 사도련에 소속된 사파들은 신뢰 가는 자들이 그다지 많지 않은 것도 문제였다. 그들이 사고를 치게 되면 자연스레 금의상단의 신뢰도도 하락한다.

그걸 생각해 보면 무림맹과의 관계를 유지하는 것이 금의상단 입장에서도 좀 더 이득이었다.

"허나 상황이 그렇지 않으니, 어쩔 수 없지."

어쩔 수 없다.

"그렇다면……."

"무림맹이 사도련에게 이길 수 있다는 확실한 증명이 필요하오. 내 그러면 무림맹에 협력해 주겠소."

"으음."

침음이 절로 흘러나왔다.

'확실한, 증명이라……'

인상대는 마음 같아선 무림맹과 협력하고 싶었으나, 무림맹이 전력적으로 약하다는 걸 보고 마음을 돌렸다.

그렇다면 '이길 겁니다.' 라거나 '의지를 얕보지 마십시오' 라는 허튼 소리는 통하지 않는다.

'여기서 잘 말해야 한다.'

일단 무림맹은 북해궁주까지 섭외하는 쾌거를 이룰 수 있었다.

덕분에 무당일장, 권왕, 북해궁주까지 합해 무림육존 중 무려 셋이 정파 세력에 참전했다.

다만 사도련에도 사도련주를 포함한 절대고수가 두 명이나 있었다.

만약 여기서 인상대를 설득하지 못한다면 낭왕까지 사도련에게 힘을 보태주게 된다. 그럼 최악이다.

"결정을 내리지 못한다면 내가 제의해 보겠소."

인상대는 시간을 끄는 것을 참지 못하겠는지 조금도 인내하지 못하고 제안하였다.

"낭왕과 서로 전력을 다한 채로 싸우시오."

"무슨……!"

그 말에 진연이 곧바로 반응하여 벌떡 일어서려했으나, 진양이 얼른 팔을 뻗어서 그 행동을 제지했다.

"양아."

진연이 결코 승낙할 수 없다는 얼굴로 사제를 쳐다보았다. 그 목소리에는 간절함이 묻어났다.

전력을 다해 싸우라는 건, 곧 목숨을 걸라는 것과 같다.

무림육존과 생사결이라니, 자살 행위나 마찬가지다.

절대고수가 괜히 절대고수가 아니다. 한 사람만으로 전쟁의 승패를 뒤바꿀 수 있는 전략병기이다.

사람을 넘어서 신위라 부를 수 있을 만큼의 괴물들.

아무리 화경의 최상승에 있다고 해도 그 차이는 크다. 여기서 낭왕과 싸우라는 건 죽으라는 것과 같았다.

아무리 진양이 비정상적으로 내공이 많다 하여도, 그건 무림육존도 마찬가지다.

내공이 많으면 뭐하나. 경지 자체가 너무 터무니없이 나서 이기기는커녕 건들 수 있을지가 의문이었다.

진양도 그걸 모를 리 없다. 아니, 반대로 누구보다 잘 알고 있었다.

하늘이 내린 마귀, 천마를 접하면서 더더욱 느끼게 됐다. 황보욱의 주먹을 보고 소름 끼치도록 잘 알게 됐다.

"어떻게 하겠소?"

인상대가 눈을 가늘게 뜨고 물었다.

"……."

낭왕은 팔짱을 낀 채로 가만히 있었다. 대신 그 시선만큼은 진양에게로 향하고 있었다.

"만약에 만족할 만한 결과가 나온다면 — 무림맹에게 끊임없는 지원을 하기를 약속하겠소. 자아, 그럼 어떻게 하겠소? 제안을 받아들이겠소?"

상단주의 물음에 — 무당신룡은 눈을 감았다가, 이윽고 다시 뜨면서 고개를 자신 있게 끄덕였다.

"받아들이겠습니다."

"진심인가?"

오견이 다시 한 번 물었다.

"양아."

진연이 창백하게 질린 채로 옆에서 말렸다.

"사저, 괜찮아요."

진양이 옅게 웃으면서 사저를 안심시키려 했다.

'금의상단주는 낭왕을 이기라고 하지는 않았다.'

만족할 만한 결과가 나온다고 하면 사도련주의 제의를 거절한다고 했다. 즉, 비무에서 승리하지 않아도 된다.

애초에 무림육존과 전력을 다해 일대일 승부를 해서 이기라니, 너무 터무니없는 조건이다.

금의상단주도 그걸 상정하지 않았을 터. 그렇다면 이기지 않고 어떻게든 살아남아 인정을 받는다.

"진심입니다."

진양이 고개를 주억거렸다.

"그런가……."

오견이 말꼬리를 흐리면서 턱을 긁적였다.

"그럼, 시작하지."

파아앗—!

오견은 말이 끝나자마자 몸을 번개같이 날렸다. 정말로 갑작스러운 움직임이었다.

허나 다행히도 진양은 예리한 육감을 발동하여 운 좋게 그 움직임을 포착할 수 있었다.

반사적으로 호신강기를 펼쳤고, 양 팔을 교차하여 방어식을 취했다.

"일초."

오견이 오른손을 쭉 내밀어 일장을 날렸다. 소맷자락이 바람에 마구 휘날렸다.

'뭔……!'

그 손바닥에서부터 압도적인 공력이 느껴졌다.

진양은 피하려다가, 너무 늦은 것 같아 내공을 끌어 올려서 일단은 방어에만 집중했다.

이윽고 오견의 손바닥이 팔 중앙에 충돌했고, 호신강기와 부딪치면서 굉음을 터뜨렸다.

쿠와아아앙—!

다행히 공력과 호신강기가 충돌하면서 충격파를 만들지는 않았다.

진양은 진연을, 오견은 인상대에게 피해를 주고 싶지 않아서 일부러 조절한 덕분이었다.

"뭐, 뭐야!"

대신, 진양이 공력에 밀리면서 일장에 맞고 그대로 후방으로 쭉 날아가 벽을 박살내버렸다.

"으아악!"

방의 벽으로 끝난 것만이 아니라, 그대로 연달아 건물의 벽을 연달아 부수면서 바깥으로 나가서야 끝났다.

평화롭게 일하고 있던 금의상단의 하수인들은 갑작스런 날벼락에 비명을 질러댔다.

"……쿨럭!"

안개처럼 뭉게뭉게 피어오르는 먼지 더미 속, 진양은 기침과 함께 피를 토해내면서 입을 소매로 닦았다.

'처음부터 이렇게나 나오시다니……!'

호신강기를 펼쳐서 막았음에도 약간의 내상이 남았다. 심하다 할 정도는 아니지만, 꽤나 아팠다.

"생사를 걸었는데 설마하니 비겁이다 뭐니 하지는 않을 것이라고 생각하네."

진양이 뚫고 지나간 벽 너머로 오견이 뒷짐을 쥐고 천천히 걸어오는 것이 보였다.

"물론입니다."

진양이 퉤, 하고 피가 섞인 침을 뱉어냈다.

싸우겠다는 제안을 받아들이자마자 기습을 했다.

사파에선 일상이지만, 정파에서 이런 행위를 했다간 크나큰 비난을 피하지 못한다.

거기에 낭왕이나 되는 사람이 뭐가 부족해서 기습을 하는가. 그냥 비난으로 끝나지 않는다.

"설마하니 강호의 선배로서 삼초를 양보해 달라, 뭐 그딴 헛소리를 하는 건 아니겠지?"

낭인은 항상 언제 죽을지 모르는 이들이다. 항상 전장을 굴러다니며, 하루하루를 살아간다.

어제 멀쩡하게 술잔을 부딪치던 친우도 내일 곧바로 죽는 일은 정말 번번하게 일어난다.

그만큼 그들의 삶은 살벌하고 험하며 또 필사적이다.

그렇기에 정정당당이라거나 비겁이라는 개념은 존재하지 않는다. 강호의 예의도 당연히 대부분 무시한다.

물론 정파의 고수라거나를 만날 때는 좀 다르다. 살기 위해서라도 지키는 편이었다.

그러나 무림육존이라는 절대고수인 낭왕이 굳이 그럴 필요가 있겠나. 항상 자기 마음대로 하고 다녔다.

이렇다보니 무림육존 중에서도 천마나 사도련주만큼 큰 비난이나 욕설을 먹곤 했다.

"상단주는 전력을 다하라고 하였으니, 노부도 주저하지

않고 싸우도록 하지."

"……하."

헛웃음이 절로 튀어나오면서, 등골이 오싹했다. 온 몸에 소름이 끼치며 일순간 크나큰 공포를 느꼈다.

오견에게서 느껴지는 기백은 보통이 아니었다. 땀이 절로 흐르고 손에 힘이 들어갔다.

무공을 배우지 않고 산중에서 호랑이를 만났다면 이런 느낌이 아니지 않을까 라는 생각이 들었다.

또 다른 화경의 고수도 아니다. 현 무림에서 여섯 명밖에 없는 절대고수, 무림육존 낭왕이 그 상대였다.

헌데 그 낭왕이 전력을 다해서 덤비겠단다. 실제로 처음에 습격으로 선공을 보였고, 투기를 내보내고 있었다.

그걸 정면으로 혼자서 감당해야하니 힘이 안 들면 그게 더 이상한 일이었다.

무림육존과 싸웠던 적은 천마 때밖에 없다. 하지만 그때는 지무악과 선극, 황보욱이 있었다.

살기나 투기 등, 대부분의 기백을 그 셋이 분담해서 받아냈기에 싸울 수 있었다. 하지만 지금은 아니다.

오로지 혼자. 도와줄 사람은 아무도 없다. 모용중광이 소란을 듣고 달려오겠지만, 돕지는 못할 것이다.

'도망가거나, 지금이라도 무릎 꿇고 빌어라.'

뇌가, 세포가, 근육이 경고를 보냈다. 저걸 상대하는 건 미친 짓이고 자살 행위라고 앵앵 울려댔다.

아무리 사문과 소중한 사람들이 중요한다고 한들, 죽으면 볼 수 없다.

그러니 차라리 지금 진연을 데리고 도망친 다음, 다른 방법을 추구하는 것이 낫다고 판단됐다.

객관적으로 생각해봐도 그게 낫다. 무림육존과 생사결이라니, 이보다 미친 짓은 없다.

마음도 점점 더 그쪽으로 옮겨져 갔다.

'어쩔 수 없다.'

결코 이길 수 없으니까.

'어쩔 수 없지.'

아무리 화경이라고 해도 한계가 있다.

저걸 이기지 못하는 건 자신이 더 잘 안다. 아니, 누구나 다 안다. 바보라도 알 것이다.

전생을 예로 들자면, 숨을 곳 하나 없는 황야에서 총을 든 상대가 마주본 것과 같다.

거기에 상대는 방탄복과 헬멧까지 착용했고 총알이 떨어지지 않는 무한한 총기를 소유하고 있다.

그에 비해서 자신은 어떠한 방어구도 없고, 무기도 없는 맨손인 채로 멀뚱히 서 있다.

이 둘이 싸운다면 어떻게 될지는 뻔하다. 뭘 하기도 전에 총알에 난사를 당해서 죽는다.

'아니, 어쩔 수 없기에 — 더더욱!'

뒤를 돌아보면 소중한 사람들의 모습이 보였다. 그들은 모두 밧줄에 꽁꽁 묶인 채, 정신을 잃은 채였다.

애초에 여기서 물러나도 살아남을 수 있을지 모른다. 이미 물은 엎질러졌고, 이걸 돌이킬 수는 없었다.

죽을 수밖에 없는 길이라 하여도, 걸을 수밖에 없다.

어쩔 수 없으니까. 그러니까 수긍하고 싸운다.

자신의 목숨도 중요하지만, 그것보다 더 소중하고 중요시여기는 건 주변 사람들이니까 말이다.

"싸운다!"

살짝 숙여진 허리를 꼿꼿하게 세우고, 왼손은 손바닥을 보이고 오른손은 주먹을 보여 자세를 취했다.

"호오."

오견은 그 당찬 기백이 마음에 든 듯, 흡족하게 웃더니만 소란을 듣고 달려온 무사에게서 검을 빌렸다.

낭왕에게 검을 빌려줬다는 것에 무사는 감격하며 뭐라 했으나, 오견은 그걸 무시하곤 진양을 겨누었다.

"과연 어리다보니 기백과 열정만은 대단하군. 허나 강호라는 건 그것만으로는 부족하기 마련이지."

'낭왕의 변응생공(變應生功)!'

변하고 응하여 살아남는 무공.

무공 자체만 보자면 그다지 대단한 건 아니다. 다른 절대 고수들이 익히고 있는 무공에 비하면 좋지 않았다.

삼류는 아니었으나, 그렇다고 일류의 수준도 아니다. 좋게 쳐봤자 이류밖에 되지 않는 무공이었다.

이게 무엇인 무공인가 하면, 일종의 잡공(雜功)이기도 하다.

전장에서 살아가다보면 병기를 놓치거나 잃어버리는 경우가 번번이 일어난다.

그 외에도 낭인들은 항상 배가 고프고 돈이 없는 경우가 허다하다시피 하여, 병기에 제대로 된 관리를 하지 못해 부러뜨리거나 하는 일도 많았다.

병기를 잃거나 손상시킨 낭인은 제대로 된 무위를 펼치지도 못하고 허무하게 죽을 수도 있었다.

그래서 과거에 어떠한 낭인은 이런 경우를 피하기 위해서 무공을 만들게 되는데, 바로 변응생공이었다.

변응생공은 병장기를 잃게 될 경우, 권법 등을 이용하여 어찌어찌하여 살아남는다.

혹은 전장에 떨어진 병장기를 검이나 도나 창 할 것 없이 들어서 그대로 원래 무위대로 사용할 수 있었다.

즉, 검이건 권이건 창이건 간에 무공의 종류 상관없이 본연의 무력을 모조리 발휘할 수 있다는 것이었다.

말만 들어보자면 이보다 더한 절세신공은 없지만, 당연하게도 무지막지한 단점이 있었다.

바로 끔찍할 정도로 느린 속도과 불안정함이었다.

정파의 무공은 내공을 쌓는 속도나 숙련이 느린 대신, 높은 안정성을 자랑하고 상승의 경지에 쉽게 오를 수 있는 편이다. 경지 사이에 있는 벽의 높이도 낮았다.

물론 그렇다고 쉽다는 건 아니다. 어디까지나 사파나 마교의 무공에 비해서 낫다는 편이었다.

참고로 사파의 무공의 경우 정파와는 반대다. 속도가 빠른 대신에 주화입마에도 자주 걸려 불안정하고, 상승의 경지에 오를 수 있는 벽도 높았다.

마공은 사파보다 좀 더 빠른 대신에 이성을 마비시키고 마성에 물들게 하는 단점을 지녔다.

그리고 마지막으로 변응생공의 경우, 정파와 사파의 단점 모두를 지니고 있다는 최악의 단점을 지녔다.

한 가지 무공을 대성하기도 힘든데, 여러 가지를 동시에 배우니 이런 결과가 일어나는 건 당연했다.

하지만, 낭왕 오견은 그 단점을 깨부수는 데 성공했다.

젊은 시절 우연찮게 영약을 손에 넣어서 부족한 내공을

쌓고, 천운과 실력으로 경지를 뛰어넘었다.

낭왕이라는 별호를 얻기 전, 그에게 따라 붙었던 별호도 변화무쌍(變化無雙)이었다.

'어떻게 싸워야할지 감도 잡히지 않는구나.'

원래 자신보다 고수와 싸울 경우, 보통은 방심한 틈이라거나 혹은 정찰하여 약점을 찾아 찌르기 마련이다.

그런데 오견은 처음부터 최선을 다했으며, 어떠한 경우에도 대응할 수 있는 무공을 지녔으니 답이 없었다.

즉, 상성이라는 개념조차가 없으니 참으로 답이 없었다.

참고로 오견으로 인해 변응생공이 재평가를 받아서 너도나도 따라한 자들이 있었으나, 모두 후회하였다.

오견이 특별했던 것뿐이지, 솔직히 말해서 변응생공은 이류여도 삼류 평가도 듣는 무공이었다.

'그걸 생각하면 또 천마가 얼마나 터무니없었는지 새삼 깨닫게 되는구나.'

천마신공은 검이나 권으로 나뉘어 천마신검, 천마신권 등이 있다.

얼핏 보면 변응신공과 비슷해 보이지만 전혀 다르다.

천마신공은 애초에 검법이나 권법 등을 함께 병행하며 배울 수 있는 것이 아니다.

하나하나가 워낙 고차원적인 무공인데다가 마성도 배로

늘어버리게 된다.

그래서 대성하는 것 자체가 애초에 불가능인데 그걸 대성하게 됐으니 그야말로 괴물 그 자체였다.

"노부를 앞에 두고 다른 생각에 잠기다니, 그건 나름대로 정말 놀라운 일이로구나."

오견이 무표정으로 웃으면서 땅을 박차 화살처럼 쏘아져 나갔다. 그 속도는 두말할 것도 없이 빨랐다.

"큭!"

진양이 입술을 질끈 깨물면서 장풍을 날렸다. 휘리릭 하고 풍압이 정면으로 쏟아져나갔다.

"나이에 맞지 않은 공력인데."

오견이 신기해하면서 검을 휘둘렀다. 그러자 검기의 다발이 폭사되면서 장풍을 모조리 없애버렸다.

'이래서 빌어먹을 천재들이 문제라니까!'

그 공격에 진양이 기겁했다.

第八章

대오각성(大悟覺醒)

오견이 순식간에 접근해 검을 찔러왔다. 노골적일 정도로 흉부를 노려왔다.

몸이 섬뜩할 정도로 무시무시한 위력과 속력을 지녔지만, 얼마 전 모용중광과의 비무로 쾌(快)에는 나름 자신 있었다.

제운종을 최대한 전개하여 부드러운 몸놀림으로 검을 아슬아슬하게 피해내는 데 성공했다.

그리고 여기에서 곧바로 반격에 나선다. 진양은 그대로 오견에게 파고들어 손바닥을 날렸다.

'최대한 많은 공력을 담아낸다!'

강기만을 담아서 휘두른 것이 아니었다. 어떠한 초식도 들어있지 않은 단순한 장격도 아니다.

하단전에서부터 내공을 끌어 올리고, 분경의 묘리를 담아 최대의 위력을 지닌 십단금을 펼쳤다.

'조금이라도 틈을 보인다면……!'

십단금은 위력도 위력이지만, 자체적으로도 상대의 정신을 흐릴 수 있게 해 주는 훌륭한 무공이다.

무당파의 무공이라하면 곧 부드러움. 헌데 그 무당파의 제자에게서 패도적인 무공이 나오면 당황하기 마련이다. 특히나 그게 무당신룡이면 더더욱 그렇다.

정도의 대표격이라 할 수 있는 영웅이 사파만큼의 패도를 보인다면 누구나 허를 찌르게 될 것이다.

이 특성 덕에 상대 대부분이 당황하게 되고, 그럼 싸움은 한 결 편해진다.

그러나.

"과연, 이건 아무리 노부라도 놀랄 수밖에 없군."

오견은 별거 아니라는 듯 십단금을 받아쳐냈다. 아니, 정확히는 흘렸다는 말이 알맞다.

십단금이 날아왔을 때, 오견은 피하거나 검을 되돌려서 막아내는 건 너무 늦어서 포기했다.

그래서 그냥 검을 손에서 놓아버리고, 비어있던 손을 출수하여 강기가 실린 십단금을 받아냈다.

패도적인 기운에 일차적으로 놀랐고, 또 부딪친 순간 안에 실려 있던 강기가 분할되어 침입해 와서 놀랐다.

하지만 변응생공이 무엇인가. 말 그대로 상황에 맞춰 변하고, 응하여 어떻게든 살아남는 무공이다.

거기에 무림육존이 아니지 않는가. 생각이 끝나기도 전에 몸을 무의식적으로 움직이게 됐다.

분경이 몸으로 침투하기도 전에 유(流)의 성질로 바깥으로 흘려버리는 데 성공했다.

"뭔……!"

공격이 모조리 실패하자, 진양이 경악을 금치 못했다. 그 눈에는 불신으로 가득했다.

"패도적인 무공을 사용한 건 확실히 좀 놀랐네. 하지만, 알고 있기에 덜 놀랄 수 있었지."

오견이 혀를 차면서 진양을 어리석다는 듯이 쳐다보았다.

"쯧쯧. 뭘 노리는지 알고는 있으나, 성질로 놀래키려면 좀 더 숨기는 방법을 알아보게. 어설프지 않나."

원래 십단금에 대해서 아는 자는 별로 없었다.

설사 십단금을 목격한다고 해도, 대부분은 죽거나 무공을 쓸 수 없는 몸이 되어 인생이 망가져버렸다.

그러다보니 대부분 그들은 이후 죽거나, 혹은 진양을 두려워하여 십단금에 대해 언급을 잘 하지 않았다.

그 외에는 그에 대해 호의적으로 생각하기에 그 성질에 대해서 숨겨주기도 하였다.

하지만 그동안 십단금을 본 구경꾼들이 없던 건 아니다. 그들로 인해서 조금씩 알려지게 됐다.

특히나 정마대전을 겪으면서 진양이 영웅으로 부상하고 유명해지면서 강호인들에게 크게 퍼져버렸다.

"돈을 쥐어주고 조금만 조사해도 알아낼 수 있지."

"절대고수나 되시는 분께서 그렇게까지……!"

진양은 원망이 깃든 눈동자로 오견을 쳐다보았다.

"지피지기백전백승(知彼知己百戰百勝)."

적을 알고 나를 알면 백 번을 싸워 백 번을 이길 것이다. 워낙 유명한 말인지라 누구나 다 알지 않는가.

확실히 기본적인 병법이긴 하지만, 솔직히 말해서 낭왕 정도 되는 양반이 이리 열심히 할 필요는 없었다.

설사 상대가 화경의 최상승에 있다고 해도, 절대고수가 방심한다 하여도 지는 것은 거의 불가능에 가깝다.

그런데 오견은 방심하기는커녕, 피가 마를 정도로 최선을 다하니 진양 입장에선 미치고 팔짝 뛸 지경이었다.

미리 조사했다는 건, 싸운다는 가정까지 상정 하에 두고 진양에 대해 공부를 했다는 의미다.

낭왕이나 되는 양반이 이렇게까지 나오니 목이 바싹바싹 타올랐다.

"이보게, 무당신룡. 이 노부가 그동안 어떻게 살아남았는지 알고 있나?"

오견이 허공섭물로 바닥에 떨어진 검을 끌어왔다.

"확실히 이 노부에게 무공에 대한 남다른 재능이 있다는 건 인정하네. 허나, 자네도 알다시피 이 강호라는 험난한 세상은 재능만으로 살아남는 것만으로는 불가능하지 않는가."

특히나 대문파의 비호가 없던 오견은 더더욱 그랬다.

낭인들의 세상에서 비호 따윈 존재하지 않는다.

심하면 어제 함께 잔을 부딪치면서 의형제를 맹세했던 자에게 배신당하는 일도 부기지수였다.

그리고 하루를 멀다하고 죽을 곳을 찾아다니면서 전장을 해쳐 왔으니, 상황은 최악이었다.

"방심하지 않고, 인내하고, 최선을 다했기 때문일세."

상대가 노인이건 아이건 여자건 간에 상시 경계했다. 그건 벗이라 부를 수 있는 사람도 마찬가지였다.

겉으로는 웃으면서 아무렇지 않은 척을 해도, 속으로는 절대로 믿지 않았다. 주머니에 있는 돈에 대해서 알면 웃는 얼굴로 칼을 꽂는 것이 낭인이다.

또한, 모욕을 당할 일이 있어도 살아남기 위해서 꾹 참았다.

비장의 수 또한 정말로 절체절명의 순간이 아닌 이상 숨겨왔다. 최소 몇 년, 심하면 십 년도 됐다.

마지막으로 — 나태하지 않으려고 노력하면서, 또 어떠한 경우에도 최선을 다해서 살아왔다.

그 마음가짐은 웬만한 자들도 혀를 내두르며 질려 했으나, 결국 그 덕분에 낭왕이라는 별호를 얻게 됐다.

"최악이다……."

진양이 절망감 어린 얼굴로 중얼거렸다. 이렇게까지 또 좌절했던 적은 정말로 오랜만이었다.

낭왕 오견은 상성적으로 정말로 좋지 않다. 어찌 보면 전생 이후 최초로 만나는 최대의 난적이었다.

진양 역시 설사 하수를 만난다 하여도 방심하지 않았다. 강호의 쓰디쓴 경험 덕에 경계심이 깊어지게 됐다.

그 덕분에 습격 등 웬만한 경우에도 당황하지 않은 채 평정을 유지하여 맞대응할 수 있었다.

상대가 하수가 아닌 고수일 경우에는 방심이라거나 생각지도 못한 틈을 만들어서 타파해냈다.

그런데 오견은 그게 통하지 않는데다가, 아울러 자신과 비슷한 성향을 지니고 있어 상대하기가 골치 아팠다.

오견은 그야말로 난공불락(難攻不落) 자체였다.

"다들 그리 말하더군."

오견을 주변을 슥 둘러보았다. 소란이 일어나 몰려온 구경꾼들로 가득했다.

"허어, 낭왕께서 싸우다니……정말로 오랜만에 보는군. 누군지는 몰라도 참으로 불쌍하지."

"그러게. 무림육존이 아닌 이상 살아남는 건……."

하나같이 혀를 차면서 불쌍하다는 듯이 진양을 쳐다보았다. 죽은 자를 바라보는 눈과 같았다.

"헉, 잠깐만. 무당신룡이잖아!"

누군가가 진양을 알아보고 소리를 질렀다. 그 말에 주변 사람들이 수군거렸다.

"아니, 그렇지 않아도 왜 방문했나 싶더니만……."

"어째서 낭왕과 싸우고 있는 거지?"

얼마 전에 호영창과의 소란으로 인해 진양이 금의상단에 방문해있다는 것은 이미 알려져 있었다.

다만 그 목적이 밝혀지지 않아서 사람들이 궁금해 하고 있었는데, 그 와중에 이런 일이 벌어지게 됐다.

"애초에 정사대전으로 바쁠 텐데……."

사람들이 여러 추론을 하면서 중얼거리는 소리가 들려왔으나, 지금 그거에 신경 쓸 때가 아니었다.

조금이라도 집중할 수 있도록 오직 오견만을 바라보고 귀를 기울였다.

"아쉽구나."

"뭐가 말입니까?"

"보는 눈이 적다면 흙이라도 뿌려서 널 당황하게 만든 뒤, 그대로 목을 베어서 끝냈을 텐데."

오견이 진심으로 안타까운 한숨을 흘렸다.

그 말에 진양은 말문이 막혀 할 말이 없었다.

절대고수나 되는 양반이 흙을 뿌리겠다고 대놓고 선언하다니, 어이가 없어서 입이 절로 다물어졌다.

'하, 이런 기분이었나.'

그동안 자신과 싸워왔던 적들의 기분을 이해할 수 있었다.

정파인. 그것도 무당의 도사가 흙이나 뿌리고, 바닥을 구르는 등의 행동을 하면서 공격해온다.

황당해하는 것도 이상한 게 아니다. 확실히 자신이 적들의 허를 찌르긴 했구나, 라는 생각이 들었다.

낭인 출신이 오견이 그런 방법을 쓰는 건 당연하긴 하지만, 무림육존이다보니 황당해할 수밖에 없었다.

낭인들의 왕. 그 별호만큼은 무척이나 어울렸다.

또한 오견이라는 이름도 어찌 보면 정말로 잘 어울린다.

더럽다(汚)라는 말이 나오는 싸움 방식이었다.

"아쉽게도 상단주가 좋아하지 않더군."

당연한 말이지만, 비겁하거나 그래서 싫어하는 게 아니었다.

구경꾼이 모인 곳에서 그렇게 싸우면, 낭왕과 함께 현재 고용된 금의상단의 명예가 떨어져서 그렇다.

명예는 곧 신뢰도의 실추. 그건 곧 금전적으로 손해를 입는 것인지라 좋아하지 않는다.

"그럼 내 다시 한 번 가겠네."

오견이 친절하게 경고하면서 검으로 진양을 겨눴다.

이에 진양이 올테면 와보라는 식으로 수세식을 취해, 검법을 막아내거나 흘릴 준비를 하였다.

그러나 오견은 검을 휘두르지도 그렇다고 땅을 박차고 날아가지도 않았다.

파앗—!

오견은 검을 쥐지 않은 손을 슬쩍 들어 엄지와 중지를 튕겨냈다.

강기의 덩어리 — 기환(氣丸)이 손가락 사이에서 날아와 유성처럼 긴 궤적을 그린다.

'내 이럴 줄 알았어!'

진양은 왼손으로 강기를 실은 손바닥을 펼쳐 날아온 기

환을 막아냈다.

오견은 이제 존재 자체만으로도 속임수 덩어리다. 뭘 할지 모르니 진양도 거기에 집중하기로 했다.

수단과 방법을 가리지 않고, 상대의 허를 찌르는 방식은 자신의 특기다. 그만큼 잘 알고 있었다.

남들이라면 오견이 '너에게 접근해 검으로 공격할 것이다.' 라는 자세에 껌뻑 속아 넘어갔을 것이다.

설마하니 무림육존이나 되는 양반이 이런 얕은 속임수를 쓰지 않을 것이라 생각하지겠지만, 그렇지 않다.

낭인의 왕, 오견이라면 기필코 무언가 속이려한다.

그리고 그걸 깨닫고, 몸소 경험한 순간 열이 오르며 속으로부터 분노가 치밀어 올랐다.

'진짜 너무한 거 아니냐!'

마음 깊숙한 곳으로부터 울분이 쏟아져 나왔다.

솔직히 저 정도 경지에 오르면 좀 오만해져도 아무렇지 않을 텐데, 저렇게까지 안간힘을 쓰다니!

거기에 다른 절대고수처럼 어디 부족한 것도 아니고, 무위 또한 뛰어나니 진짜 욕이 절로 튀어나왔다.

"허, 설사 다른 육존들이라 하여도 나에 대해 이렇게까지 빠른 판단은 하지 못할 터인데……."

오견이 진심으로 감탄하면서 공간을 접듯이 이동하여

진양에게 접근했다.

"무당파에서 자네를 데려간 것이 진심으로 안타깝구나. 마음 같아선 노부의 제자로 들이고 싶네만."

오견의 검이 대기를 둘로 가르며 날아왔다.

"……뭐?"

그리고 그 검을 본 순간, 진양은 넋 나간 얼굴을 지었다가 이윽고 눈을 크게 뜨며 허탈한 웃음을 흘렸다.

'절대고수란 건, 도대체 얼마나 터무니없는 괴물이던가. 그야말로 난 우물 안의 개구리였구나.'

화경은 아무것도 아니었다.

정말로 — 화경이란 건 아무것도 아니었다.

세간에선 화경만 해도 무공이 거의 신에 가까운 경지라고 하지만, 그건 정말 크나큰 과장일 뿐이었다.

절대고수들이 그걸 듣게 되면 얼마나 비웃을지 생각을 하니 자신까지도 부끄러워졌다.

오견이 보여준 검은 — 그야말로 변(變) 그 자체였다.

빠름도 느림도 무거움도 가벼움도 부드러움도 거친 것도 패도적인 것도, 심지어 마(魔)도 존재하였다.

순간순간, 그 성질을 수도 없이 바꿔 댔다. 정말로 상성이라는 것이 통하지 않는 '무엇인가' 였다.

절대고수에 오르면 얻는다는 것. 오견이 그 경지에 올라서 얻은 건 — 변화라는 개념 그 자체였다.

'아아, 그렇구나.'

권왕, 황보욱이 보여주었던 '무거움'은.

어디까지나 보여주었던 것에 불과했다.

'보여준 것. 공격하는 것과는 달랐나…….'

파앗!

오견의 검이 사선을 긋는다. 그걸 본 순간 여태껏 단 한 번도 느껴보지 못했던 강렬한 통증이 느껴졌다.

좌측 어깨 부근부터 시작하여 우측 옆구리까지 살이 부욱 하고 갈라진 순간, 피가 뿜어져 나왔다.

"커허억……!"

그 고통에 신음을 흘릴 뿐이었다.

"안 돼!"

멀리서부터 진연의 비명소리가 들려왔다.

'큰일 났다……. 사저…… 걱정하실 텐데.'

그 비명소리를 듣자마자 걱정부터 앞섰다. 혹시라도 정신적인 충격을 크게 받으면 어쩌나 싶었다.

특히나 진연은 어릴 적, 무도를 포기하면서 심법도 멈추게 됐다.

꾸준하게 수련했다면 남들보다 정신력이 강했겠지만, 그게 아니니 더더욱 걱정됐다.

'아.'

시야가 안개처럼 희뿌옇게 일그러지다 싶더니만, 이내 얼마 지나지 않아 시커멓게 물들였다.

아무것도 보이지 않았다. 곧바로 사저의 비명소리도 묻혀버렸다.

피를 얼마나 흘린 걸까. 뇌가 제대로 돌아가지 않는 건 물론이고, 몸에 힘이 들어가지 않았다.

무릎을 꿇은 것까지는 기억이 나는데 그 이상은 끊긴 것처럼 아무것도 없다.

'혹시나 무언가의 시험은 아닐까 싶었는데 쓸데없는 희망이었나. 낭왕 그 양반, 너무한 거 아니야?'

입가에 쓴웃음이 절로 맺힌다.

왜, 가끔 무협지에 그런 전개 있지 않은가?

절대고수가 전력을 다한 것처럼 보여도 죽기 직전에 공격을 멈춰내곤 '사실은 널 시험하기 위해서였다.' 라거나, '널 성장시키기 위해서였다.' 라는 훈훈한 그것.

그러나 오견에게 있어서 그런 경우는 없었다. 아마 처음부터 비무를 승낙한 순간 죽일 생각이었을 것이다.

하기야, 나중을 생각해보면 그게 올바른 판단이다.

어차피 사도련 편에 서게 된다면, 후에 정사대전이 일어나고 무림맹의 고수들과 필연적으로 싸우게 된다.

사도련 입장에서 무당신룡은 일순위로 죽여야 할 암살 대상이자, 골칫덩이였다.

사도련주가 괜히 유령곡의 힘까지 빌린 게 아니다.

그러니 차라리 여기서 목숨을 끊어버리는 것이 낫다.

'이대로 정말 허무하게 끝나는 것인가.'

아직 정사대전이 일어나지도 않았다. 이 전쟁 때문에 그동안 고생한 걸 생각하니 괜히 억울해졌다.

당연히 죽어선 안 되지만, 적어도 정사대전은 치루고 난 뒤에 죽어야 하지 않겠나.

—와아아!

어디에선가 어린아이의 목소리가 들려왔다.

'이건…….'

곧이어 어둠이 사라지고 빛이 찾아왔다. 이윽고 어디에선가 본 듯한 농촌이 눈앞에 나타났다.

'어디에서 본 것 같……어?'

진양은 당혹스러운 표정을 지으면서 자신을 살펴봤다. 전생에 지겹도록 입었던 옷차림, 군복이다.

다만 그 몸은 유령처럼 반투명하여 비춰보였다. 자신의 손을 만져봤으나 그대로 통과하였다.

'나에게 무슨 일이 일어나는 거지……?'

이미 한 차례 죽음을 경험했으나, 기억은 없었다. 정신을 차리고 보니 어린아이가 되어있었다.

—아가!

그리운 목소리였다. 그리고 그 목소리를 들은 순간, 이상하게도 눈물이 흘러나왔다.

'왜?'

이상했다. 어째서인지는 모르지만 눈물이 주르륵 흘러나오면서 뺨을 타고 흘러내리고 있었다.

고개를 들어보니 평범한 아낙네가 손짓하고 있었다. 그 옆에는 농기구를 든 사내가 씩 웃는다.

—네에!

아이가 웃는 얼굴로 남자와 여자에게 달려가 안긴다. 부부는 아이를 안은 채로 행복하듯이 웃었다.

'……알고 있어.'

알고 있다. 저들을 알고 있다. 뇌세포 하나하나가 반응하며 소리를 질렀다. 영혼이 발버둥 쳤다.

저 세 사람을 자신은 알고 있었다. 그 누구보다 잘 알고 있었다. 아마 이 세상에서 저들에 대해서 알고 있는 것은 자신 외에는 없을 것이라 확신이 들었다.

'안 돼…….'

그리고 그걸 안 순간, 거짓말처럼 불안감이 엄습해오면서 목소리가 흘러나왔다.

'제발…….'

불완전한 몸을 가진 그는 화목한 가족에게 달려가, 손을 마구 흔들면서 절규하듯이 소리를 질렀다.

'안 돼—!'

하지만, 그 비명소리는 전해지지 않았다.

화르르륵!

그 대신 불꽃이 악마의 혀처럼 넘실거리며 타올랐다. 산초와 화목을 집어삼키며 그 덩치를 키워갔다.

하늘을 지금 당장이라도 멸망할 것처럼 불길하고, 또 시뻘겋게 물들어져 갔다.

먹구름이 몰려와서 세상을 가린다.

—죽여라!

누군가의 목소리와 함께 눈앞의 광경이 바뀌었다.

농촌 사람들이 비명을 지르면서 도망친다. 그러나 악귀가 귀신같이 쫓아와서 그 등에 칼을 꽂았다.

남자들은 겁먹었지만, 가족들을 지키기 위해서 농기구를 들어 필사적으로 저항했다.

하지만 현실은 잔혹하기 그지없었다. 산적이라 불리는 악귀들은 그들을 너무나도 손쉽게 죽여 버렸다.

산적들의 두목은 방화하고, 약탈했다. 그 부하들도 모든 걸 빼앗았다.

멧돼지만 내려와도 어찌 처신할 수 없었던 농촌은 별다른 힘도 내지 못한 채 속수무책으로 학살당했다.

—아가…….

부모는 하나밖에 없는 아들을 살리려고 노력했으나, 결국은 산적들에게 잡혀 목숨을 잃었다.

'왜…….'

안타깝다는 감정밖에 느껴지지 않을까. 저들을 눈앞에서 잃는 모습을 보았는데, 왜 분노하거나 슬프지 않을까. 그저 어깨를 떨면서 부모를 바라볼 수밖에 없었다.

—네 이놈드으으으으을!

'저 사람은……!'

그리고 자신을 대신하여 분노하듯이 소리를 지르는 자가 있었다. 소매 안에 태극 문양이 그려진 도사였다.

그 누구보다 소중한 사람. 모든 걸 알려준 사람. 누구보다 상냥하고, 존경스러운 사람이었다.

도사는 자신을 대신하여 눈물을 흘렸다. 마치 나찰처럼 분노하면서 손에 쥔 검을 휘둘렀다.

그 검에 산적들은 추풍낙엽처럼 쓰러져나갔다. 도중에 '히익, 무당파다!' 라는 비명이 들렸다.

시간이 흘렀다. 끊임없이 울리던 비명도 차츰 작아졌다. 정신을 차리고 보니 지옥불도 사라지고 없었다.

—빌어먹……!

산적 두목이 피를 흩뿌리면서 뒤로 쓰러졌다. 그러자 다른 곳에서 또 다시 비명이 들려왔다.

도사는 고개를 돌려 잔뜩 긴장했다가, 이윽고 넋 나간 얼굴로 어찌할 줄 몰라 했다.

비명을 지른 건 청년이 되기 직전의 소년. 그 소년은 산적 두목의 몸을 붙잡고 엉엉 울어댔다.

그리고 도사를 불타는 눈으로 쳐다보다가, 저주를 퍼부었다.

—너희는 우리들의 삶을 이해하지 못하겠지! 빼앗지 않으면 죽을 수밖에 없는 현실을 말이다! 이로써 고향에 있는 마을 사람들도 굶어 죽게 될 것이다! 원귀가 되어 널 저주하마!

소년은 스스로의 목을 찔러 목숨을 끊었다.

도사는 그 광경을 멍하니 쳐다보다가, 절규했다.

—어째서 이런 세상인가! 어찌하여 이러한 비극이 있을 수 있는 것이냐! 무도란 건 너무나도 잔혹하지 않나……!

다행히도 뒤늦게 다른 도사들도 나타나서 산적들을 죽이고, 살아남은 농촌 사람들을 구할 수 있었다.

그리고 생존자들을 구출하던 도중, 도사는 싸늘한 시체가 된 부모의 품 안에 안긴 아이를 발견할 수 있었다.

아이는 엉엉 울면서 부모를 불렀고, 도사는 그 아이를 안아들어 함께 눈물을 흘리며 고통을 이해해 주었다.

그리고 시간이 흘러 아이는 농촌의 생존자들 몇몇과 함께 호북으로 향해 무당파의 식솔이 된다.

도사 — 청솔은 아이에게 '양' 이라는 이름을 붙여준다. 양은 사대제자가 되어 이윽고 진양이 된다. 그게 다섯 살 무렵의 나이였다.

아이는 부모를 잃은 고통과 낯선 환경에 당황해했으나, 금세 시간이 흘러 적응할 수 있었다.

'아아, 그렇구나.'

시간이 빨리 흘러간다. 기억이 주마등처럼 스쳐지나갔다. 그 장면을 보고 진양은 모든 걸 이해할 수 있었다.

왜 현생의 부모가 죽는 걸 보고 분노하거나 슬퍼하지 않았던 걸. 몸만 반응한 걸 깨우칠 수 있었다.

여덟 살 무렵. 이상 현상은 갑자기 찾아왔다.

'몸이…….'

아직 반투명한 몸이 입자로 변하면서 사라져간다. 아니, 정확히는 이동했다. 눈앞의 소년, 진양에게로.

그리고 그 입자 덩어리는 이윽고 진양의 몸뚱아리로 들어가, 그 안을 차지하게 됐다.

물을 뜨던 소년, 진양은 눈을 동그랗게 떴다가 자신의 양손을 기이한 듯이 쳐다보았다.

'나는 진양(眞陽)이 아니다.'

그것은 그동안 살아왔던 삶의 부정

'나는 음(陰)이었고, 이 아이가 양(陽)이었다…….'

모든 것이 이해됐다. 머릿속이 꽝 뚫리는 느낌이 들었다. 우주의 진리를 알게 되는 느낌이었다.

전생에서 교통사고를 당해 죽은 건 확실했다. 영혼이 육체를 떠났고, 어째서인지 이 세계로 이동됐다.

그게 어떠한 원리인지는 모른다. 영혼의 진실, 진리를 깨우친 자신 역시도 알 수 없었다.

이십 년을 넘게 산 현대인의 영혼은 죽음(陰)을 경험한 뒤 전혀 다른 세계의 있는 한 생명(陽)에게 들어왔다.

'미안하다…….'

환생한 것이 아니었다. 전생의 기억을 되찾은 것이 아니었다. 남의 육체를 빼앗은 것에 불과했다.

이십 년을 넘은 성숙한 정신체이다보니 당연히 아직 팔 년밖에 살지 못한 아이의 정신체를 먹어치워 버렸다.

전혀 다른 사람이었기에 부모의 죽음을 목격했는데도 안타까운 감정 외에는 나타나지 않았다.

죄책감과 혐오감이 봇물처럼 쏟아져 나왔다.

'아니야, 멍청아.'

그때. 입이 멋대로 움직이며 목소리가 흘러나왔다.

군인의 모습을 한 음은 머리를 들었다. 앞을 보니 순수한 웃음을 짓고 있는 양이 서 있었다.

'도대체 몇 번이나 깨달을 생각이야?'

양이 허리에 손을 짚고 근엄 가득한 표정을 지었다.

'너는 나.'

군인이 소년의 모습으로 변했다.

'나는 너.'

소년이 군인의 모습으로 변했다.

'생양사음(生陽死陰)

생명이 양이고, 죽음은 음이다.

'생사사생(生死死生)'

삶이 곧 죽음이요, 죽음이 곧 삶이로다.

'음양일체(陰陽一體)'

음과 양이 하나의 몸에 깃드니

'진양(眞陽)'

그것 또한 참된 삶이로다.

'태극(太極)'

그리고 그것 우주 만물의 근원이니.

"음……."

오견은 감탄사를 흘렸다.

"원래는 몸을 둘로 나누려고 했건만……."

방금 전 일격은 결코 봐주지 않았다. 진심을 다해서 확실하게 죽일 생각으로 검을 휘둘렀다.

절대고수의 경지에 오르면서 얻은 변화 그 자체. 같은 육존이 아니라면 결코 피할 수 없는 기술이었다.

그런데 도대체 무슨 재주를 부렸는지 마지막에 이걸 약간이나마 회피하는 데 성공했다.

그래서 검의 깊이가 얕아 몸을 조각내는 결과는 내지 못했다.

'뭐, 그래도…….'

조금 아쉽긴 했지만 걱정할 필요는 없었다. 그래도 더 이상 살아남을 수 없는 치명상을 입히는 데 성공했다.

무형강기(無形罡氣)가 담긴 검을 정통으로 맞았으니 화타가 돌아와도 살아남지 못한다.

무당신룡의 사저가 그를 껴안은 채 이름을 부르며 절규하는 광경이 딱하긴 했으나 거기까지다.

무림이란 건 원래 이런 거니까.

"그래도 일찍 널 만나서 참으로 다행이로구나. 십 년 뒤에 만났다면 이 노부도 장담하지 못했겠지."

오견은 어리지만 훌륭한 적수에게 최대한의 예의를 표한 뒤, 등을 돌렸다.

그러나.

“뭐라는 거야, 이 씨발 새끼가…….”

“뭣……!”

노견이 처음으로 당황하면서 다시 몸을 돌렸다.

이상하다. 무엇인가가 잘못 돌아가고 있었다.

저건 일어날 수 없는 상처다. 자신의 무형강기에 정통으로 당했다면 설사 같은 육존이라도 못 일어난다.

“야.”

그런데, 일어났다. 어째서인지 일어났다.

“나랑 다시 한 번.”

상체에 사선으로 그어진 흉터가 훤히 보였다. 그 부위에서 피가 폭포수처럼 쏟아져 내렸다.

무당신룡은 전혀 도사답지 않은 살기 어린 눈을 빛내며 말했다.

“맞짱 함 뜨자—!”

第九章

태극쌍격(太極雙擊)

'언제 이렇게…….'

원래부터 열정적인 아이는 아니었다.

남들처럼 혈기가 넘치는 나이에 상당한 무공을 지니고 있었음에도 불구하고 싸울 의지가 보이지 않았다.

그건 어릴 때도 마찬가지였고, 성년이 된 이후로도 마찬가지였다.

무공을 배우는 행위 자체는 열심히인 것 같았으나, 마음 깊숙한 곳으로부터 솟아난 흥미는 아닌 듯했다.

또한, 비무 중에 설사 위기에 빠져도 — 혹은 패배했다 하여도 분해하는 모습은 보이지 않았다.

이를 부득부득 갈면서 다음을 기약하며, 불타는 눈동자로 타오르지도 않았다.

항상 나이에 알맞지 않게 침착하게 가라앉은 눈동자로 자신의 상황과 비무를 분석하고 판단하려 했다.

진연이 진양에게 무공을 가르쳤을 때도 마찬가지였다. 그 외에 다른 제자들과의 비무 때도 마찬가지다.

이렇다 할 정도로 불타오른 적은 없었는데.

투지를 쏟아낸 적이 없었는데.

지금 이 순간만큼은 달랐다.

사제가 몸을 천천히 일으키자, 가슴에 길게 새겨진 흉터 부위에서 피가 쏟아져 내렸다. 이에 진양은 스스로 몇몇 혈을 짚어서 지혈하는 데 성공했다.

그리고 인생 중에서 그 어떤 때보다 강렬한 투기를 뿜어내면서 낭왕에게 천천히 다가가려 했다.

"양아……!"

진연이 그런 진양을 말리려 했다.

지금 산 것만으로도 기적적이다. 여기서 또 덤비면 죽는다. 사제를 잃는 고통을 느끼고 싶지는 않았다.

방금 전, 그가 피를 흩뿌리면서 죽어가는 걸 보고 머릿속이 하얗게 질렸다.

정신을 차리고 보니 사제를 품에 안고 있었고, 차갑게

식은 걸 느끼자 비명이 절로 흘러나왔다.

지금은 잘 기억이 나지 않을 정도로 끔직했다. 마치 기분 나쁜 꿈과 같아서 기분이 더럽다.

"낭왕."

그러나, 사제 — 진양은 그 누구보다 소중한 사저의 말에도 반응하지 않았다.

무림육존, 절대고수에게 패배하여 기적적으로 살아난 진양의 눈은 오로지 낭왕 오견에게로만 향했다.

"……아……."

진연은 앞으로 내딛는 사제를 붙잡으려다가 말았다.

입에서는 무언가의 감탄이 자연스레 흘러나온다.

'어째서……?'

막아야 한다. 사제가 죽으러가는 걸 뜯어 말려야 했다. 지금 당장 혈을 짚거나, 뒷목을 쳐서라도 막아야 한다.

영웅지에 나오는 것과 같이 그 모습은 실로 멋있었지만, 그건 오직 겉일 뿐이다. 속을 보면 그렇지 않다.

낭왕에게 살아났다면 도망쳐야 한다. 이 자리에서 당장 도망쳐야 목숨을 부지할 수 있었다.

'왜?'

그렇지만, 막을 수가 없었다.

목소리가 나오지 않는다. 손을 충분히 뻗을 수 있음에도 뻗지 않았다. 그리고 — 묘한 감정이 치솟는다.

머리에서는 막으라고 경종을 울려댔지만, 형용할 수 없는 감정이 나오면서 입을 다물게 했다.

진연은 그렇게 낭왕에게 도전하는 무당신룡의 등을 바라만 보았다.

"어떻게 살 수 있었느냐?"

오견은 이해할 수 없는 표정으로 진양을 쳐다봤다.

"어떻게 만변식(萬變式)에 맞고도 살 수 있었지?"

오견은 변응생공으로 절대고수의 경지에 오르면서 '변화' 라는 것을 깨우치고, 사용할 수 있게 됐다.

원래 변응생공에는 이러한 초식 따위 존재하지 않지만, 오견이 창안하여 만변식이란 이름을 붙였다.

그야말로 셀 수 없는 변화를 지닌 법칙. 검이건 창이건 주먹 이건 간에 그 효능은 동일하다.

어쨌거나, 이러한 만변식은 무림육존이 아닌 이상 막거나 피할 수 없는 필살기이다.

그런데도 눈앞에 멀쩡히 살아있으니 궁금해 하는 것도 이상한 것이 아니었다.

평생 동안 얻어왔던 경험과 깨달음, 그리고 무공이 녹아든 것이니까 더더욱 신경 쓸 수밖에 없었다.

“근성.”

진양이 짧게 답했다.

“지금 노부랑 장난치는 것이…….”

오견이 어이없어 하며 따지려고 했으나 말을 잇지 못했다.

타앗!

진양이 지면을 박차고 화살처럼 날아왔다. 그 속력이 아까와는 비교도 할 수 없을 만큼 무시무시했다.

“뭔……!”

진양의 제운종은 확실히 대단하다. 괜히 무당파의 최상승의 보법이 아니라는 말이 절로 나온다.

하지만 오견에게는 별로 대단하지 않았다. 애초에 그의 특징은 변화. 어떤 경우에도 변화해 대응한다.

거기에다가 애초에 아무리 대단해봤자 그 경지는 화경. 절대고수의 경지와 비교될 것이 아니었다.

조금 신경이 쓰이긴 했지만, 적당히 눈동자를 굴리면서 집중하다면 그 움직임을 모두 파악할 수 있었다.

특히나 오견의 경우 구파일방이나 사파, 마교까지 정말 다양한 무인들과 싸우면서 엄청난 경험을 쌓았다.

제운종도 과거에 접한 적이 있어서 어떤 경로를 밟을지는 대충이나마 예상은 할 수 있었다.

하지만, 지금의 진양은 다르다. 제운종은 제운종이 맞긴 한데, 그 속력과 발놀림이 보통이 아니다.

아까까지만 해도 조금만 힘을 써서 쫓을 수 있었더라면, 지금은 상당한 신경을 써야만 했다.

"후읍!"

진양이 기합을 터뜨리면서 손바닥을 날렸다. 그 일장은 그다지 무겁지 않았다. 깃털처럼 가벼웠다.

'속을 줄 알고!'

오견은 무당파의 제자와도 싸운 적이 있다. 무당의 검법뿐만 아니라, 장법의 고수와도 붙은 적도 있었다.

그리고 진양이 보여준 수에 대해서도 자세히는 아니지만 비교적 알고 있는 편이었다.

무당의 면장(綿掌) 중에서 천풍경도(天風輕導) 초식이다. 일부러 허점을 보이기 위해 가볍게 장격을 낸다.

만약 여기서 그 허점에 달려들게 되면, 곧바로 난환수(亂丸手)라는 초식에 의하여 어지러울 정도로 난잡한 장격들이 갑작스레 쏟아져 나와 반대로 당하게 된다.

비록 무당의 기본적인 장법이긴 하지만, 무당일장이라 불리는 선극 또한 즐겨 쓰는 초식이었다.

참고로 대부분 무인들이 무당의 면장이 기초적인 걸 보고 방심했다가 당하게 된다.

확실히 기초적이고 피하거나 막는 법도 간단하긴 하지

만 적수가 고수라면 이야기가 좀 많이 달라진다.

그 위력이 기하급수적으로 많아져, 특히 화경 정도 될 경우 결코 무시할 수 없게 된다.

그래서 오견은 천풍경도의 초식을 받아 치지 않고, 옆으로 피해내 좌검식(左劍式)으로 반격에 나섰다.

워낙 수준 높은 고수들의 싸움이라 구경꾼들은 제대로 못 봤지만, 만약 이 자리에 화경의 고수가 한 명이라도 더 있었다면 감탄을 금치 못했을 것이다.

검사들은 대부분이 오른손잡이다. 아니, 이 시대 특성상 검사뿐만 아니라 대부분의 사람들이 그렇다.

왼손잡이라는 것이 알게 된다면 기이하거나 악귀 취급을 받아 싫어도 강제로 교정을 받게 된다.

어쨌거나, 그렇다보니 대부분 무인들은 오른손잡이 검사들을 상대하는 것이 익숙해져있다.

좌검수가 아예 없는 건 아니지만, 아무래도 숫자도 적고 유명 고수도 존재하지 않다 보니 대응을 잘 못한다.

변응생공은 이 점을 살려 양손잡이가 되라는 지침서가 존재한다.

오견은 그 덕에 양손잡이가 되어, 이렇게 허를 찌르는 비장의 수를 써서 전장에서 살아남았다.

그러나 빈사 상태까지 간 자에게 이렇게까지 전력을 다

하다니, 괜히 낭왕 오견이 아니었다.

'이번에야말로 끝이다!'

소싯적에는 초절정 고수 때 이 방법으로 화경의 고수도 죽인 적이 있었다.

아직 익숙하지 않았을 때를 제외하고 이걸 펼쳤을 때 당하지 않은 건 같은 육존뿐이었다.

"더러운 건 너뿐만이 아니라는 걸 상기해라!"

진양이 예상했다는 듯이 웃으면서 발끝으로 바닥을 후려쳤다. 그러자 흙먼지가 위로 솟구쳤다.

"무슨……!"

오견이 당황했다. 진양의 수법 때문이 아니다.

무당신룡이 명성에 알맞지 않게 싸운다는 건 예전에 조사했을 때 알고 있던 사실이었다.

오견이 그토록 놀라워한 건, 진양이 바닥을 내리치는 속도와 힘이 예상을 가뿐히 넘었기 때문이었다.

자신의 좌수검에 반응한 건 그렇다 쳐도, 또한 치솟아오르는 모래에도 내력이 실렸다는 것에 기겁했다.

별 수 없이 호신강기를 급히 둘러 흙먼지를 막았다. 하지만 그 약간의 '순간' 으로 인해 좌수검이 실패했다.

진양은 부드러운 발놀림으로 유려하게 움직여 검을 회피해낸 뒤, 주먹을 쥐어서 강기를 실었다.

그리곤 몸을 틀려는 오견의 옆구리를 향해 주먹을 뻗었다.

쐐애애애액!

주먹을 내지르자 대기가 반으로 갈라진다. 강기가 주변을 거칠게 먹어 치우면서 그 위력을 내뿜었다.

하지만 평소와는 좀 다르다. 그냥 권강이 아니었다.

강기를 실었다면 푸르스름한 아지랑이 같은 것이 보여야하거늘, 아무것도 없었다.

주먹이 날아올 때 주변에게까지 영향력을 끼치는 것을 보면 확실히 강기는 맞다.

하지만 형체가 — 아무것도 보이지 않았다.

"맙소사!"

오견이 경악과 불신 어린 눈으로 비명을 질렀다. 여태껏 보인 감정 중에서 제일 격동적이었다.

만약에 평소 그를 알거나, 고용주인 금의상단주가 봤다면 그들 역시 눈을 크게 뜨며 놀랬을 것이다.

어떠한 경우에도 흔들리지 않고, 평정을 유지하며, 위기 속에서도 침착하게 대응방안을 찾은 그가.

천하가 인정한 여섯 명의 절대고수이고, 생존력만큼은 천하제일인 낭왕 오견이 놀라워하고 있었다.

그도 그럴 것이.

형태가 없는 강기를 쏟아냈다는 건.

"어떻게……!"

오견이 놀라는 동시에도 몸을 멈추지 않고 대응에 나섰다.

손을 쥔 검을 떨어뜨리는 동시, 몸을 번개같이 틀어 옆구리로 들어오는 주먹을 손바닥으로 받아쳐냈다.

쿠와아아앙—!

주먹과 손바닥이 부딪치면서 폭발을 일으켰다. 고막이 찢어져나갈 정도로의 굉음이 터졌다.

그리고 그 충격파가 주변을 슥 훑으며 폭풍을 만들었다. 소매가 마구 흔들리고, 머리카락이 엉망이 됐다.

뭉게뭉게 피어오르는 흙먼지 속, 진양과 오견이 마주한 채로 뜨거운 시선을 교환했다.

다만, 오견의 눈동자에 묻어나는 감정은 특이했다. 여전히 경악과 불신, 그리고 감탄뿐이었다.

"어떻게 무형강기를 쓸 수 있느냐!"

강기가 화경의 증거라면

형태가 없는 강기는 곧 절대고수의 증거다.

"굳이 물을 필요가 있겠나."

진양이 한 치의 흔들림 없는 자세로 굳건히 섰다.

"답하지 않아도 잘 알고 있지 않나, 낭왕."

"헛소리!"

오견이 언성을 높였다.

"설사 오를 수 있는 깨달음을 얻었다고 한들, 그걸 자신의 것으로 만들기 위해서는……."

"과연 — '변화' 인가."

변화하기 위해선 형태가 필요하다. 그렇지 않으면 변화할 수 없고, 또 대응할 수가 없다.

상대의 성질이나 특성이 무엇이건 간에 그것에 대응하려면 일단 어떤 형태인지 알아야한다.

"언제부터 절대고수에 오르는 데 그러한 형태가 필요했지? 그걸 누가 정했나?"

절대고수에 오르면 각자 '무언가' 를 얻게 된다.

또한, 후학들에게 그 심의를 남기고 싶어도 그렇게 할 수가 없다. 오직 자신만이 알 수 있는 경지다.

워낙 고차원적이다 보니 자신도 설명할 수 없으며, 그건 장본인만 알고 이해할 수 있는 것이다.

그리고 — 그 '무언가' 는 각자 다르다. 무엇을 보았는지, 무엇을 얻었는지, 무엇을 이해했는지. 제각각이다.

"낭왕. 너에게 너의 길이 있듯이."

진양이 자신감에 가득 찬 목소리로 말했다.

"나는 나만의 길이 있다. 그게 나의 무도(武道)다."

더 이상 끝을 알 수 없는 내공이 뿜어져 나왔다.

"잔재주 부리지 말고 전력으로 와라! 무림육존!"

"네놈……!"

"철저하게 부숴주마!"

진양은 대답도 듣지 않은 채 권격과 장격을 연달아 날렸다. 오견에게 공격이 빗발처럼 쏟아졌다.

겉만 보자면 별로 타격이 크지 않을 것처럼 보이지만 전혀 아니다.

형태가 보이지 않으나, 엄연히 강기가 실려 있었다. 제대로 맞는다면 그냥 내상으로 끝나지 않는다.

"큭!"

오견이 주름을 좁히면서 침음을 흘렸다.

아까까지만 해도 그다지 대단한 공격들이 아니었다. 그러나 쓰러졌다가 일어나서 다른 사람처럼 변했다.

다들 눈을 바쁘게 움직여야 보이는 공격들이었고, 한눈을 팔면 결코 막을 수 없었다.

가끔씩 쳐내기도 했으나 내공을 소모하여 무형강기를 만들지 못하면 받아치는 것도 불가능했다.

불과 일각이 지나지도 않았거늘, 진양과 오견이 나눈 공수만 해도 세 자리 수를 가뿐히 넘었다.

'과연, 이게 절대고수의 경지인가.'

진양은 스스로 움직이면서도 감탄을 금치 못했다. 이런 힘을 낼 수 있다는 것에 묘한 기분이 들었다.

몸은 깃털처럼 가벼운 걸 너머, 조금 과장해서 무게가 느껴지지 않을 정도였다.

화경의 경지 때보다 더한 움직임을 보여주고 있는데도 체력은커녕 내력조차 크게 소모되지 않았다.

예전이었다면 전력을 모조리 쏟아내서야 가능한 능력이거늘, 지금은 한가롭게 감탄사까지 보일 수 있었다.

'다시 한 번 생과 사의 경계를 걷게 되고, 나에 대해서 뒤돌아본 덕에 양의(陽意)의 심득까지 취할 수 있었다.'

무림육존, 절대고수의 경지.

천재적인 재능이나 상당한 운, 거기에 특별한 수법을 사용해도 오를 수 있을지 의문인 경지다.

하지만 그러한 경지에 자신은 당당히 올랐다. 전생에서의 삶과, 현생에서의 삶을 목격했고, 이해하였다.

여덟 살이었던 무렵, 전혀 다른 세계에서 우연찮게 영혼이 날아와 육체에 안착했다.

어째서, 왜 그런지는 아무도 모른다. 그저 갑자기 나타나서 원래의 진양을 밀어 넣고 정착하게 됐다.

아무리 심법을 수련하였다 해도 어린아이. 이십 년을 넘게 산 성인 남성의 머리는 좇아가지 못했다.

그걸 모른 채 살아왔다.

원래의 주인이었던 소년의 정신이 깊게 잠들어 그저 전생의 기억을 떠올렸다고 착각을 해버렸다.

사혼(死魂)이 생혼(生魂)이 되었고, 생혼이 사혼이 됐다. 그래서 음의를 깨우치는 데도 어렵지 않았다.

그 누구보다 죽음에 가까운 존재였기에 쉽게 깨우칠 수 있었다.

그리고 시간이 흘러 지금. 죽음이 생이 되어 오랫동안 살아왔던 도중, 치명상을 입고 생사를 헤매게 됐다.

그 어떠한 곳보다 익숙한 곳, 생사의 경계로 향하자 원래의 기억을 떠올리면서 생 — 양의를 깨우쳤다.

그게 바로 지금의 자신. 진양이다.

결말만 말하자면, 이 음의와 양의. 둘을 깨우치면서 자신의 것으로 만들어 진정한 음양을 얻게 됐다.

말로 설명할 수 없는 이 '무언가'가 있어서, 그리고 살고 싶은 의지가 존재했기에 절대고수에 오를 수 있었다.

절대고수에 오르자마자 양의가 그 힘을 발휘했다. 무서운 속도의 자연치유력을 발휘해 몸을 회복시켰다.

오견이 그렇게 궁금해 한, 일어날 수 있었던 이유다.

'아무리 어쩔 수 없었다고 하지만, 정말로 미친 짓이었다.'

확실히 화경의 최상승은 강하다. 하지만 그래봤자 화경이다. 절대고수에게 상대가 되지 않는다.

진양도 그건 알고 있었다. 하지만 그래도 어떻게든 틈을 파고드는 방법이 있을 것이라 믿었다.

하지만 아니다. 절대경지에 오르니 모든 걸 이해하게 됐다. 얼마나 어리석었던지 깨우칠 수 있었다.

절대고수에서 바라보는 화경은 적수로 인정할 수 있지만, 거기까지다. 결코 지지 않을 자신이 있었다.

이건 자만이라거나 오만이라거나 하는 수준이 아니다. 그냥 절대적인 수준의 차이였다.

"죽어라!"

오견이 자신감 있게 외치면서 주먹을 내질렀다. 흔들림 없는 깨끗한 일직선이었다.

언뜻 보면 그저 힘을 다해 휘두른 것 같지만, 전혀 아니다. 잘 보면 만변의 묘리가 섞여있었다.

'그리고, 다시 한 번 정말 더럽고 치사한 놈이란 걸 알겠다.'

낭왕은 처음부터 봐주지 않았다. 정말로 전력을 다했다. 경지가 오르니 그걸 정확히 알 수 있었다.

힘도 힘이지만 경험까지 살려서 전력을 다하고 있다. 그걸 생각하니 열이 치밀어 오른다.

"어림없다!"

진양이 왼팔을 쭉 뻗으며 내기를 끌어올렸다. 소맷자락이 크게 부풀려 올랐다가 바람에 펄럭거렸다.

'아니!'

주먹과 손바닥이 부딪치기 전, 오견은 소스라치게 놀랐다. 적수의 손바닥에 뜬금없이 한기가 폭사됐다.

쿠와아앙!

서로 전력을 다한 일격이 부딪치면서 또 다시 폭발을 일으켰다.

"으아악!"

진양이나 오견에게서 흘러나온 비명이 아니다. 주변에서 구경을 하고 있던 자들이 주인공이었다.

이젠 화경도 아니고, 절대고수나 되는 무인들이 서로 전력을 다해서 부딪쳤으니 영향을 받는 건 당연하다.

"우웨에엑!"

학사처럼 무공을 아예 모르는 자나, 혹은 내공이 약한 자들은 대부분이 피를 울컥 토해냈다.

일류나 절정이나 되는 무인들도 얼굴이 백지장처럼 새하얗게 질려서 꼴이 말이 아니었다.

"으음, 한기라고……?"

오견이 침음을 흘렸다. 그 목소리는 여전히 경악으로 가득했다.

손바닥이 날아올 때, 뼛속까지 얼어붙게 만들 정도로의 한기가 느껴졌다. 속임수인가 했는데 아니었다.

직접 부딪치고 나니 알 수 있었다. 시선을 힐끗 돌려 바닥을 쳐다 보니 땅이 얼어붙었다.

"도대체 무얼 깨달은 것이냐?"

무당파 역사를 다 뒤져봐도 한기를 다루는 무공은 들어본 적도, 본 적도 없었다.

양의신공이나 십단금에 대해서도 알고 있으며 진양과 싸우기 전, 조사까지 한 오견조차도 몰랐다.

"설사 네가 양의신공을 대성하고, 빙정을 흡수하였다고 해도 이딴 재주는 부리지 못한다."

음한지기를 다룰 수 있는 건 북해의 무공밖에 없다.

가끔씩 은거한 문파 중에서 찾아보면 북해의 무공과 비슷한 게 나오긴 하겠지만, 대단하지 못하다.

아니, 애초에 무당파의 내공심법을 연공했는데 음한지기를 쓴다는 건 불가능하다. 그야말로 상식 파괴다.

그건 양의신공도 마찬가지다. 양의신공이 삼대신공이긴 하지만 그렇다고 만능의 무공은 아니다.

두 가지 무공을 동시에 연공하여, 쓸 수 있지만 — 애초에 그건 근간이 똑같기에 가능한 일이다.

무당파의 무공이고, 내공심법과 성질이 같아서 쓸 수 있다. 음한지기는 성질 자체가 다르니 쓸 수 없었다.

'하.'

오견의 말에 입가에 웃음이 절로 맺혔다. 그 웃음의 정체는 안도감이었다.

'낭왕도 무인이었구나!'

무인이란 족속들은 설사 목숨이 걸려있는 순간이라도 무학에 대한 궁금증을 접지 않는다.

특히나 고수들의 경우 더더욱 그렇다. 상식적으로 이해가 안 가는 초식을 보면 그걸 굳이 캐묻는다.

문제는 그 쓸데없는 호기심과 궁금증으로 상대에게 어이없이 당하는 경우가 부기지수다.

'조금이라도 틈이 있었으니 참으로 다행이로다!'

진양은 대답하지 않고 장풍을 날렸다. 음한지기를 담은 장풍. 그야말로 북해의 바람이었다.

"끄응!"

오견이 답답해하면서 똑같이 장풍으로 대응했다. 대신 그 바람에는 열기가 담겨져 있었다.

차가운 바람과 뜨거운 바람이 부딪치게 되며 주변을 엉망으로 만들었다.

"노부를 아주 우습게 보는구나!"

오견이 노기를 보이면서 손가락을 까딱였다. 근처에 피를 토하고 쓰러진 무사의 검이 뽑혀 날아왔다.

"뭔 수법을 사용했는지는 모르겠지만, 이 노부를 궁금하게 한 죄. 그냥 넘어가지는 않을 것이다."

오견이 미지근한 공기층을 순식간에 지나쳐, 진양에게 접근해 잔상을 남기며 검을 휘둘렀다.

대기가 부욱 갈라지면서 강기를 담은 검이 머리를 쪼갤 기세로 내려왔다.

또한, 당연하다시피 만변식이 섞여있었다. 방금 전에 자신을 사경에 헤매도록 만든 검이었다.

'이때다!'

아까부터 오견이 전력을 다해서 만변식을 사용해 주기를 기다리고 있었다. 몸에 힘이 잔뜩 들어갔다.

진양 또한 전력으로 공격해오는 오견에게 대응하기 위해서 전력으로 맞받아쳤다.

'태극쌍격(太極雙擊)!'

이름은 방금 막 붙인 것에 불과했다. 조금 유치하긴 하지만, 그래도 안 붙인 것보다는 나았다.

태극쌍격은 주먹과 손바닥을 일초에 담아내는 절초다. 별거 아닌 것 같아 보이지만 결코 그렇지 않다.

일단 주먹과 손바닥, 저런 다른 형식의 무공을 일초에

담아내야한다는 건 양의신공이 아니면 불가능하다.

거기에다가 음양의 심득을 넣어, 좌수에는 음의를 넣었고 우권에는 양의를 넣었다.

즉, 음양이기를 일초에 담아냈다.

"헉!"

오견이 기겁했다. 태극쌍격을 본 얼굴이 흙빛으로 변했다.

오견의 심득은 변화하여 대응하는 것. 상대가 어떤 걸로 덤비건 간에 상성을 맞춰서 우위에 설 수 있다.

하지만, 진양의 태극쌍격만큼은 아니었다. 오견은 처음으로 상성적으로 최악인 적수를 만나게 됐다.

변응생공의 만변식은 오직 하나의 형질에만 맞춰 변화하고 맞대응할 수 있다.

즉, 한 번에 두 가지의 성질을 지닌 공격이 들어온다면 만변식이 혼란에 빠져 반응조차 할 수가 없었다.

물론 이런 경우는 같은 육존, 절대고수가 둘이 덤빈다는 것에 애초에 그럴 경우가 별로 없었다.

"노부가 졌……"

오견은 자존심까지 팔아오면서 살아남은 자답게, 한 치의 고민도 없이 패배 선언을 하려 했다.

하지만 그러기엔 이미 늦었다.

처음으로 사용하는 절초를 도중에 멈추기도 쉽지 않고,

애초에 멈출 생각도 없었다.

"좆."

가슴에 길게 남은 검상이 아팠다.

"까."

콰아아아아앙—!

第十章

모용세가(慕容世家)

무림육존 낭왕, 오견이 패배했다.

이 과경을 두 눈으로 목격한 사람들은 하나같이 의심을 떨쳐내지 못하고 침묵에 잠겼다.

뇌가 상황을 따라가지 못해 머리가 혼란으로 가득했고, 입을 웅얼거리기 할 뿐 뭐라 말하지도 못했다.

무림육존은 이름 그대로 여섯 명밖에 없는 절대고수. 여기에 실린 무게는 결코 가볍지 않았다.

"뭐, 뭔……."

"거짓말이지……?"

구경꾼들이 술렁이면서 당황했다. 그만큼 눈앞에 보이

는 광경에 대한 충격은 컸다.

낭왕, 그가 누군가. 아무것도 없는 밑바닥부터 시작하여 낭인의 세계에서 어떻게든 살아남은 자이다.

경험만큼은 무림팔존 시절 때부터 일 순위라 자부할 수 있을 정도로 많았다.

괜히 만변을 깨우친 게 아니다. 모든 걸 경험해 봤기에 얻을 수 있는 심득이었다.

그런 오견이 아무리 무당신룡이라 하지만, 자신보다 아래인 하수에게 치명상을 입고 바닥에 누워있었다.

생사를 알 수 없긴 하지만, 미동도 하지 않는 걸 보면 패배한 건 확실했다.

"하아, 하아……."

진양은 숨을 거칠게 내쉬었다.

'이겼다……!'

주변이 뭐라 수군거리건 상관하지 않았다. 아니, 애초에 신경도 쓰지 않았다. 상관하지 않았다.

오직 오견을 쓰러뜨리겠다는 일념 하에, 사저조차 신경쓰지 못했다.

'이런 기분을 느꼈던 건 얼마만이었더라…….'

무인에겐 호승심이란 것이 존재한다. 그리고 고수, 강자와 싸워서 승리했을 때 희열을 느낀다.

하지만 진양은 그런 감정을 느낀 적이 별로 없었다.

항상 강자와의 대결은 없었으면 했다. 그에게 있어 강자는 위험 인자. 안전한 길과는 거리가 멀다.

그래서 웬만하면 강자와의 싸움은 피하고 싶었고, 설사 싸운다고 해도 이기면 기뻐하거나 하지 않았다.

자신의 싸웠던 방식에 대해서 검토를 한다거나, 혹은 주변의 상황부터 파악하는 데 힘써 다음 행동에 나섰다.

이렇게 '이겼다' 라는 감정 자체에 골똘히 빠져있던 적이 별로 없었다.

'후후. 이런 감정도 나쁘지는 않은데.'

자신의 한계에 도전하고, 그리고 그 한계로 결코 넘을 수 없는 벽을 뛰어넘어 새로운 곳에 도달했다.

그리고 새로 얻은 힘을 자신이 직접 사용한 순간, 말로 형용할 수 없는 희열과 고양이 온몸을 가득 채웠다.

원래의 자신이었다면 이 순간을 시간 낭비라고 욕했을지도 모른다.

어쩌면 자신이 약해진 순간을 노리고 올 자객이 있을지도 모른다. 그러니 차라리 주변부터 경계하는 것이 훨씬 나을 거라고 생각할게 뻔했다.

하지만, 가끔씩 이렇게 승리감에 취해서 흡족하게 있는 것도 나쁘지 않다고 생각하게 됐다.

진양은 바닥에 대자로 뻗은 오견에게 다가가, 그가 피를 울컥울컥 토해내는 걸 보고 질린 듯이 말했다.

"아직도 살아계십니까? 대단하시군요."

과연 낭왕, 괜히 무림육존의 절대고수가 아니다.

태극쌍격은 음의와 양의 — 나아가 평생 동안 쌓아온 심득과 무공을 넣어서 창안한 절초식이다.

당연히 필살의 의지를 담아서 전력을 다했거늘, 오견은 정신조차도 잃지 않았다.

"카악, 퉷!"

오견이 머리를 옆으로 돌려서 피 섞인 가래를 바닥에 뱉었다. 그리고 상체를 끙, 하고 힘겹게 일으켰다.

상당한 내상을 입었는지 입에서 꿀럭꿀럭 하고 계속해서 토혈이 튀어나왔다.

"허어, 정말 해괴한 꼴을 다 보겠군."

접견실에서부터 절정에서부터 초절정 고수들에게 호위를 받으며 걸어온 인상대가 놀라운 듯이 말했다.

인상대의 주변에는 호위로 보이는 자들이 여럿 보였는데, 안색이 그다지 좋지 못했다.

절대고수들끼리 싸운 여파가 인상대에게 닿지 않도록 모조리 흘려 내거나 혹은 막아내느라 곤혹을 치렀다.

"설마하니 내 살다 살다 낭왕이 공격을 허용했을 뿐만

아니라, 이렇게 쓰러진 것을 볼 수 있을 줄은 몰랐소."

오견은 상시 경계 태세를 풀지 않았다. 절대고수인데도 '방심하다가 골로 간다.' 라면서 입버릇처럼 말했다.

삼류 무사라 불렸던 낭인 때도, 그리고 무림육존에 일좌를 차지하게 된 절대고수의 때도 그 태도는 언제 어디서든 변하지 않고 한결같이 유지했다.

그 덕분에 무공이 일정한 경지에 오른 뒤에는 다치는 경우 자체가 손에 꼽힐 정도로 적었다.

오견의 몸은 흉터로 가득하지만, 삼류 무사와 일류 무사 때까지 워낙 많이 굴러서 그렇다.

참고로 무림육존에 든 이후로는 치명상은 물론이고 다친 적 한 번 없었다.

인상대는 그 사실을 잘 알고 있었기에 놀라움이 더더욱 컸다.

"살려내라."

인상대의 명이 내리자마자 호위하고 있던 자들이 번개같이 움직였다.

그중 반은 오견의 주변을 둘러싸고 호법을 섰다.

그리고 호위 중 한 명은 근처에 대기 중이었던 의원을 등에 업고 날아와, 오견을 진료하도록 도와주었다.

의원은 미리 준비되어 있던 금창약을 비롯하여 영약까

지 꺼내서 오견을 진료했다.

"고의인지 실수인지는 모르겠으나 낭왕을 죽이지 않고 살려둔 것은 현명한 선택을 한 거요."

인상대가 오견에게서 시선을 떨어뜨리고, 진양과 마주 보면서 말했다. 그 눈동자는 아까처럼 차가웠다.

"전 증명에 성공했습니까?"

패배는 물론이고 죽음까지 예감했다. 누가 봐도 목숨을 내던지는 짓이었다.

그걸 충분히 알고 있음에도 불구하고 오견에게 도전장을 내민 건 무림의 운명을 바꾸기 위해서였다.

"물론이오."

인상대가 머리를 주억거렸다.

'됐어!'

진양은 속으로 환호했다. 보는 눈만 없다면 제자리에서 춤이라도 덩실덩실 췄을지도 모른다.

"현명한 선택을 했다고 말한 건, 금의상단이 무림맹과 함께할 것이기 때문이오. 만약 낭왕이 이 자리에서 죽거나 했다면 우리 모두 크나큰 손실이 있었을 거요."

금의상단주가 마음을 돌리지 못했다면, 낭왕 오견은 무슨 일이 있더라도 여기에서 죽여야 했을 것이다.

절대고수는 개개인만으로도 천 명 이상의 가치를 하는

전략 병기 그 자체다.

한 명으로 인해서 전쟁의 판도가 뒤바뀔 수 있기에 적수로 만날 경우 무슨 일이 있더라도 죽여야 한다.

"웨에엑. 콜록. 콜록!"

오견이 죽어서 시커멓게 변한 피를 시원하게 토해낸 뒤, 끄응 하고 앓는 소리를 내면서 말했다.

"미안하지만 노부가 살아있는 건 저놈이 아직 솜씨가 미숙해서 그랬던 것뿐이오, 금의상단주. 그게 아니었더라면 난 아마 지금쯤 염라대왕과 대면하고 있었겠지."

"부정은 안하겠습니다."

진양이 솔직하게 답했다.

절대고수에 오르는 데 성공했지만, 그 심득을 완벽하게 자신의 것으로 만든 건 아니었다.

처음 쓰는 힘이다 보니 조절이 미숙하여 어쩔 수 없이 전력만 쏟아낼 수밖에 없었다.

또한, 툭 까놓고 말하면 부끄럽게도 투쟁심을 포함하여 화가 머리끝까지 나서 그럴 상황도 아니었다.

기필코 죽여 버리겠다는 노골적인 살의까지 내뿜으면서 절초를 날렸다.

만약 절대고수에 좀 더 일찍 올랐다면 오견은 그 자리에서 절명했을 것이다.

"허허…… 아까는 노부에게 부수겠다니, 좆 까라니 뭐니 하더니만 이제 와서 입을 씻는구먼."

진양이 뻔뻔스럽게 나오자 오견이 어이없다는 듯이 헛웃음을 흘렸다.

"노부가 알고 있는 위선자들과는 좀 다른가 싶었는데, 아무래도 별반 다를 것 없어 보이는구나."

"칼침 쑤셔 넣고, 염라대왕 지척까지 보낸 적수에게 예의를 차린다면 그건 그거대로 이상하지 않겠습니까."

진양이 옅게 웃으면서 어깨를 으쓱였다.

"허허허."

둘 다 한 마디도 지지 않고 으르릉거렸으나, 그래도 서로에 대한 악감정은 없는 듯했다.

진양은 마교도나 혹은 그와 비슷한 부류. 그리고 자신의 주변인들을 건드리지 않는 이상 화내지 않는다.

설사 칼침을 넣은 상대라고 한들, 싸움이 끝나고 손을 잡아야 한다면 부정적인 감정을 접어둔다.

그건 오견도 마찬가지였다. 다른 무림육존이었더라면 상황이 좀 달랐을지도 모른다.

아들도 아니고, 거의 손자뻘인 어린놈에게 면전에서 욕까지 먹었고, 치명상을 입고 쓰러졌다.

절대고수의 명예가 바닥까지 떨어진다. 어쩌면 무림육

존에 들만큼 강하지 않다는 소문이 날지도 모른다.

그걸 감안하면 진양은 부모를 죽인 원수만큼 씹어 먹어도 시원치 않다고 할 수 있었다.

하지만 오견이 누구인가. 정사를 막론하고 강호에서 '돈에 영혼까지 팔았다' 라고 욕을 먹는 무인이다.

비난만큼은 천마가 빠진 지금 육존 중에서도 제일이라 할 수 있을 정도였다.

결과만 말하자면, 그딴 거 정말 신경 안 쓴다. 정말로 명예를 신경 썼다면 금의상단 자체를 오지 않는다.

설사 무림육존의 자리에서 나온다고 해도 신경 쓰지 않는 건 변하지 않을 것이다.

어쩌면 정말 아무렇지 않게 '이제 날 보고 방심한 자가 많아지겠군. 하하.' 라면서 좋아할지도 모른다.

"자, 그래도 좋게 끝난 듯하니 자세한 이야기는 들어가서 하겠소. 보는 눈도 좀 많기도 하고, 둘 다 운기행공을 해야 할 필요가 있으니 말이오."

인상대가 상황을 정리하자 두 명의 절대고수는 고개를 끄덕였다.

무림육존, 아니 이제 무림칠존으로 인해서 무림의 판도는 완벽하게 뒤바뀔 것이다.

"양 형, 부축 겸 호위를 해드리겠소."

멀리서 지켜보고 있던 모용중광이 다가왔다.

진양은 그의 배려에 고맙다는 듯이 고개를 끄덕이며, 인사를 하려고 했다.

"그렇다면 모용 형, 신세 좀 지겠……무슨!"

쐐애액!

진양이 눈을 동그랗게 뜨며 급히 뒷걸음질했다.

검강이 머리카락을 아슬아슬하게 스치고 지나갔다.

"……이건, 도대체 뭔 뜻이오?"

진양은 놀라운 감정을 추스르며, 예리해진 눈매로 천천히 정면을 쳐다보았다.

"정말로 유감이오, 양 형."

모용중광이 어색하게 웃었다.

* * *

반세기 전, 전대 무림맹주였던 검존 지무악이 활동했을 때 즈음. 정사대전에 있었던 일이다.

모용세가는 정파의 주축, 무림맹이자 오대세가의 구성원으로서 상당한 병력을 이끌고 참전했다.

세간에선 모용세가는 당시 정사대전에서 제일 피해가 적었다고 알려져 있었다. 모용세가가 위치한 요녕이 중원에서 떨어져 있었기 때문이었다.

요녕은 북경과 하북보다 멀다. 사실상 전선이 될 이유가 단 하나도 없다.

물론 허를 찌르는 전략으로 병력을 돌려보낼 수도 있지만, 솔직히 말해서 그렇게까지 할 이유가 없다.

그래서 다들 자연스레 모용세가의 피해도 적을 것이라 생각했다.

하지만, 그 이유에는 누구에게도 말 못할 사정이 숨겨져 있었다.

"처, 천면독주(千面毒主)?"

"천면독주가 여기에 왜……!"

평화로운 땅, 요녕은 정사대전에 전혀 예상치 못한 인물을 맞이하게 된다. 그것도 무림팔존이었다.

천면독주는 독을 연공하다가 그만 얼굴 가죽을 잃게 됐다. 원래의 얼굴은 아무도 보지 못했지만, 소문으로 의하면 그 얼굴이 무척이나 흉물스럽다고 한다.

이에 천면독주는 그 얼굴을 가리기 위해 수준 높은 역용술을 구사하게 됐고, 이후 천면이란 별호를 얻었다.

참고로 역용술도 역용술이지만, 독공의 수준이 높아 당시 무림팔존 중 일좌를 차지하게 된다.

독은 비겁하다면서 천시 받은 무림에서 팔존의 자리까

지 차지할 수 있는걸 보면 그 수준은 두말할 것도 없었다. 우습게 봤다가 죽은 고수들은 셀 수도 없었다.

"어째서 최전선에 있어야할 천면독주가……!"

천면독주는 사도련주 다음가는 전력이다.

그런 거물이 중원에서 제일 먼 요녕에 와있는 걸 이해할 수 없었다. 아니, 그 다음 행동은 더더욱 기괴했다.

"섣부른 판단은 하지 않는 것이 좋을 게다. 오늘 있었던 일을 함구하고, 전선에 나가있는 네놈들의 가주에게 전해라. 그렇다면 모든 걸 이해하게 될 것이다."

"대체 뭔……?"

천면독주는 곧 사신 그 자체다. 만나는 것은 곧 죽음을 의미한다.

설사 세가의 최고고수인 가주가 있었다고 한들, 그 결과는 변하지 않았을 것이다.

절대고수가 괜히 절대고수라고 칭송받는 게 아니었다.

요녕에 남아있던 가솔들은 천면독주가 다녀간 뒤, 정말 많은 고민을 했다.

당장 무림맹에 보고하려고 했지만, 천면독주가 아무런 짓도 하지 않고 그저 다녀간 이유가 신경 쓰였다.

팔존 정도 되는 인물이 이런 행동을 하는 것에는 분명히 이해가 있을 터.

무엇보다 상식적으로 생각해서, 이런 보고를 받으면 의심을 받아도 전혀 이상하지 않다.

전쟁 도중 적수의 수뇌부가 다녀가기만 했다. 그것도 중원에서 제일 먼 요녕까지 찾아와서?

간자로 의심받아도 할 말이 없는 수준이었다. 그래서 찝찝해도 어쩔 수 없이 가솔들에게 함구령을 내린 뒤, 일단 가주와 연락을 하는데 힘썼다.

"도대체 이건 무슨 의미냐?"

한편 — 정사대전이 시작할 때 즈음, 전대 가주가 병으로 목숨을 잃고 젊은 나이에 가주가 된 모용중경(慕容重敬) 역시 이해할 수 없는 상황에 빠진 건 마찬가지였다.

당시 구파일방과 오대세가 등 무림맹의 대문파들은 대부분이 최전선에서 싸우는 걸 피하는 경향이 있었다.

이는 전쟁이 끝난 뒤를 의식한 행동이었다.

아무리 많은 실적을 세운다고 한들, 전쟁에서 젊은 제자들이 죽게 되면 문파 입장에서 큰 손실이다.

그러면 정파가 승리한다고 해도, 이후 다음 세대에서 큰 영향력을 끼칠 수 없게 된다.

이에 주요 전력을 보존한다는 명분하에 중소문파들을 앞에 세우고 자신들은 뒤에 숨어 싸우게 된다.

물론 최전선에 아예 나가지 않은 건 또 아니었지만, 그렇다고 해도 그 숫자는 많지 않은 편이었다.

"모용세가다!"

"으아아악!"

허나 모용세가만큼은 달랐다. 가주인 모용중경은 가솔을 데리고 전장을 누비며 검을 휘둘렀다.

거기에는 조금 복잡한 사정이 숨겨져 있었다.

모용세가는 요녕이 안전하고 피해를 입지 않는 만큼, 정파에서 따가운 눈총을 받았다.

툭 까놓고 말하자면 '왜 우리만 이리 많은 피해를 입느냐. 억울하다.' 라고 말하는 것과 같았다.

피해를 입지 않으면 전쟁 이후 피해를 회복할 필요도 없다.

남들은 전쟁의 상처로 권세가 줄어드는데, 모용세가는 여전하니 눈치가 보일 수밖에 없었다.

그러다보니 모용세가는 예부터 이런 눈치를 받아 어쩔 수 없이 전쟁에 나가면 최전선에 나가게 됐다.

하지만 — 정말로 이상하게도 모용세가는 어떠한 피해를 입지 않게 된다.

피해가 적었던 게 아니다. 거의 전무했다.

확실히 모용세가의 무사들은 강하다. 가주인 모용중경 역시 화경을 코앞에 둔 인재였다. 그 외에 따라온 장로들도 대부분 이름을 날린 고수였다.

하지만 아무리 강하다고 한들, 피해가 아예 없는 것은 말이 되지 않는다. 결코 그러한 연유가 아니었다.

바로.

"왜 우리만 보면 후퇴하는 거냐?"

사도련은 모용세가와 싸울 때만 이상 행동을 했다.

삼류나 이류라 불리는 자들은 당연히 힘의 차이로 인해 추풍낙엽처럼 떨어져나갔다.

하지만 일류부터 절정 이상으로 구성된 고수들은 모용세가를 보면 후퇴했다.

아니, 그냥 후퇴만 한 게 아니었다. 추격을 받는다고 해도 반격을 하되, 목숨을 거두지 않았다.

"설마하니 우리를 함정에 빠뜨릴 생각인가?"

모용중경은 이상을 느끼고 심각한 고민에 빠졌다.

아직까지는 '모용세가가 대단해서 그런 것이다.' 라면서 주변의 칭송을 받는 것만으로 끝나고 있었다.

하지만 얼마 지나지 않으면 곧 피해가 거의 전무한 걸 보고 의심으로 바뀔 것이다.

혹시 사도련과 모용세가가 손을 잡은 것이 아닌가 하고. 그런 의심을 받아도 충분한 상황이었다.

모용중경 입장에선 미치고 팔짝 뛰는 심정이었다. 사정

을 알고 싶어도 모르니 가슴이 답답했다.

그래서 납치해서 고문이라도 해야 할까, 라는 생각이 들 때 즈음. 본가에서 긴급으로 서신이 왔다.

천면독주에 대해서였다.

"도대체 왜?"

서신을 받은 모용중경은 더더욱 이해할 수 없었다.

마치 훗날 일어나게 된 정마대전의 천마의 행동처럼, 상식을 벗어난 상황인지라 해석할 수가 없었다.

하지만 그 의문은 얼마 가지 않아 풀리게 된다.

"맙소사, 사도련주!"

"안녕하신가, 가주."

사도련주가 직접 찾아온 것이었다.

아무도 모르도록.

"도대체 무슨 속셈이냐!"

사도련주의 천재성에 대한 건 이미 충분히 알려져 있었다.

고작 마흔밖에 되지 않은 나이에 절대고수가 되고, 뛰어난 지도력과 두뇌로 사도련을 일찍이 휘어잡았다.

모용중경은 지금 벌어지는 일들이 사도련주의 머리에서 나왔을 것이라 생각하고 추궁하였다.

"어허, 속셈이라니. 너무 그러지 말게. 이래 봬도 난 모용세가에 대해 무척이나 호의적이니까 말일세."

"헛소리!"

모용세가는 사도련과 악연 외에 어떠한 연도 없다. 사도련주는 더더욱 그렇다.

"함정에 빠뜨릴 생각이냐?"

모용중경은 이를 뿌드득 갈면서 따지듯이 물었다.

여러 가지를 생각해봤지만, 그중 제일 가능성 있는 것이 모용세가를 배신자로 모는 것이다.

실제로 정사대전 도중에 사망자가 나오지 않았으니, 충분히 의심을 받을만하다.

게다가 모용세가는 사실 중원 무림에서 그렇게까지 좋은 취급을 받지는 못했다.

지금은 아니지만, 한때 오랑캐라며 천대받는 일이 있었다.

모용세가가 진시황에 의해 통일되기 이전의 일곱 개의 나라 중에서 연나라의 왕족이었기 때문이었다.

누명을 씌우기엔 딱 알맞았다.

"하하. 설마, 그럴 리가."

그러나 사도련주는 헛웃음을 흘리며 그걸 부정했다.

"과연, 모용세가. 머리는 그럭저럭 잘 굴리는구나. 중책(中策) 정도는 되겠어."

"사도련주, 헛소리 하지 말고 꿍꿍이나 말해라!"

마음 같아선 목에 칼이라도 들이대며 협박이라도 하고 싶었다. 하지만 상대가 상대인지라 그럴 수 없었다.

"모용중경. 길게 말하지 않겠다."

사도련주가 입가에 웃음을 지워내며 말했다.

"너를 비롯한 모용세가는 나에게 목숨을 빚졌다."

"무슨……!"

모용중경이 그 말에 어이없다는 표정을 지었다. 사도련주는 그가 뭐라 하기 전에 말을 이어갔다.

"과정과 결과만 보고 이야기해 보자, 모용중경. 천면독주가 요녕에 도착하였으나, 아무도 손대지 않고 돌아갔다. 그리고 최전선에서 싸우던 모용세가는 피해를 입기는커녕 크나큰 실적을 세워 그 위세가 높아지게 됐지."

"도대체 그게 무슨 개소리냐!"

모용중경이 화를 내면서 소리를 버럭 질렀다.

사도련주가 하는 말은 순 억지다. 애초에 성립 자체가 되지 않는 이야기다.

애초에 사도련주가 무슨 목적으로 이런 짓을 하는지 도저히 이해할 수가 없었다.

사도련주는 혼란스러워하는 모용중경을 보고 속으로 검게 웃으면서 확신에 잠긴 듯 말했다.

"얼마 뒤, 정사대전은 무림맹의 승리로 끝이 날 것이다."

"뭣……?"

"금의상단의 지원, 검존이라는 괴물의 출현, 그밖에도 여러 요인을 보고 내린 나의 결론이다."

사도련주는 무서울 정도로 계산적이고 냉철한 자다.

지무악의 등장 이후로 더 이상 사파에게 승산이 없다는 걸 깨닫게 됐고, 패배할 것이라는 결론을 내렸다.

그동안 고생했던 무림정복 계획이 틀어지는 걸 보고 크게 분노했지만, 그렇다고 이성을 잃을 수는 없었다.

분노하면서도 완벽한 무림정복을 위해서 다음 행동에 나섰다.

'도대체 몇 수를 읽고 있는 게냐, 사도련주……!'

모용중경은 그런 사도련주를 보고 전율을 느꼈다.

어차피 패배할 것, 차라리 최소한의 피해로 줄인다.

전쟁에 지면 사파의 입지가 줄어들겠지만, 그렇다고 멸망하는 건 아니다. 그러니 다음을 내다보는 게 좋다.

그래서 사도련주는 피해를 최소화하여 패배하는 쪽으로 이끄는 동시, 다음 전쟁을 위한 준비를 시작했다.

그것도 전쟁 도중에!

"정사대전이 무림맹의 승리로 끝나면 모용세가는 오늘까지의 공적 덕에 황금기를 맞이하게 될 것이다."

모용세가는 원래 오대세가 사이에서도 그다지 이름이 높지는 않았다.

확실히 대단한 무가이기는 하지만, 한때 오랑캐라 천시 받았던 약간의 흔적을 비롯해 본가가 먼 요녕 땅에 위치해 있기에 아무래도 그 명성이 낮을 수밖에 없다.

"안 그래도 요즘 황보세가에 자리를 위협받고 있지 않나?"

"사도련주, 네놈……!"

황보세가에서는 권왕을 배출했다. 하지만 그에 비해 모용세가는 최근 별다른 힘을 과시하지 못했다.

남궁세가는 비록 지무악에게 검존이라는 이름을 내주었지만, 주기적으로 수많은 위인을 배출한다.

제갈세가는 무림맹의 두뇌고, 하북팽가는 머리가 비어 있긴 하지만 꾸준하게 고수들을 배출한다.

무엇보다 북해와의 교역과 북경 근처에서 정파의 세력권을 만들 수 있으니 그 역할은 대단히 중요하다.

사천당가는 독이나 암기로 인해 천시 받는 경향이 있긴 하지만, 그래도 정파에서 거의 유일하다시피 독을 다루는 곳이라서 대우를 받는 편이었다.

하지만, 모용세가는 아무것도 없다. 중원과의 지역적인 거리 차이도 있고, 내세울 건 쾌검뿐이다.

권왕을 배출한 황보세가에 비하면 부족하다. 그래서 최근 오대세가의 구성이 바뀐다는 이야기가 나왔다.

"그러니 부디 현명한 선택을 했으면 좋겠군."

답은 뻔했다.

第十一章

유령곡주(幽靈谷主)

"아버님께서 선택할 수 있었던 건 오직 하나밖에 없었소."

사도련주의 제안을 거절한다면 모용세가는 멸망한다.

아무리 오대세가라고 한들, 전쟁 도중에 배신했다는 것이 알려졌다면 그 여파는 결코 적지 않다. 봉문 수준이 아니라 멸문으로 끝날 것이다.

정말로 말만 선택이었다. 제안을 받아들일 수밖에 없는 상황이었다.

아무리 정파의 대문파가 명예와 도의를 중시한다고 해도, 그게 멸문으로 이어져 있으면 말이 달라진다.

모용중경은 전형적인 정파인이라 할 정도로 속이 꽉 막

힌 남자였다. 하지만 그만큼 도의를 아는 자였다.

자신들의 실속만을 챙기려는 여타 대문파와는 달랐다. 의협을 중시하고, 실천하려 했다.

자식들이나 가솔들에게 오대세가라고 남을 낮게 보지 말고, 오만해하지 말라며 입버릇처럼 말하고 다녔다.

아니, 모용중경뿐만이 아니었다. 역대 가주들 대부분이 그 숭고한 의지를 계승해왔다.

어쩌면 모용세가는 정파의 대문파 중에서도 거의 유일하다시피 더럽혀지지 않은 가문이었을지도 모른다.

이는 그들이 오랑캐라는 인식을 지우고, 중원의 세력으로서 인정받기 위해서였을지도 모른다.

그러나 그 숭고한 의지와 핏줄은 모용중경과 사도련주에 의해서 끊어져 버린다.

모용중경은 그날, 피눈물을 흘리면서 절규했다. 머리를 몇 번이나 땅에 부딪치면서 조상에게 사죄를 올렸다.

이후, 정사대전이 정파의 승리로 막을 내리자 모용세가는 사도련주가 말한 대로 황금기를 맞게 된다.

"모용세가야말로 오대세가의 필두라 할 수 있지."

"암, 당연하지. 정사대전 때의 그 활약을 누가 잊을 수 있겠는가."

"고수를 배출하지 않다고 인정하지 않겠다니, 그게 무

슨 어불성설인가? 말이 되는 소리를 해야지!"

"당연한 말일세. 대단한 고수를 배출하면 뭐하나. 정작 모용세가처럼 진정된 협의를 보이지 않는데!"

정파는 전쟁에서 승리했지만 상당한 피해를 입었다.

사도련주가 승리를 넘기는 대신에 다음 전쟁을 위해서 피해를 최대한으로 하는 전략을 짰기 때문이다.

무림맹 수뇌부는 기뻐하기도 잠시, 걱정이 이만저만이 아니었다. 전쟁의 뒤처리는 항상 골치 아프다.

당시에는 마교가 무림정복을 호심탐탐 노리고 있었고, 그 외에도 정파가 약해진 틈을 타서 궐기하는 세력도 있어 신경 쓸 것이 한두 가지가 아니었다.

전쟁이 끝난 지 얼마 되지도 않았는데 정파와 무림맹이 약해졌다고 하면 민심도 불안해진다.

그러면 마두 등이 대거로 나타나 그 틈을 노려 날뛰게 될 텐데, 문제는 그걸 제대로 제지할 수가 없었다.

지무악이 무림맹주로 추대되면서 이리저리 개편할 것도 많고, 그 외에 피해를 복구하는데도 힘과 돈이 소모된다. 덕분에 무림맹의 두뇌인 제갈세가들은 그걸 정리하고 처리하느라 미칠 지경이었다.

요약하자면 정사대전이 끝난 이후에도 정파가 건재하다는 걸 증명해야 했다.

그래서 제갈문은 정사대전을 통해 영웅이 된 검존과 모용세가처럼 전쟁에서 활약한 이들을 앞세우게 된다.

특히나 모용세가처럼 피해를 적게 받은 세력에서 고수들을 보여주니 그 효과는 굉장했다.

눈치를 보면서 슬금슬금 송곳니를 보이던 세력들이 쏙 들어간 것이었다.

"정사가 힘을 합쳐서 모용세가를 띄워주니 얼마 가지 않아 천하제일세가라는 이름까지 나오게 됐소."

사도련주는 패배한 이후, 아니. 그 전부터 정보 조작을 꾸준히 해왔다.

제갈문의 의도를 파악한 그는 검존에 대한 소문은 최소화했으나, 모용세가의 소문은 막지 않았다. 반대로 사파의 정보 조직도 나서서 모용세가를 칭찬하기 바빴다.

무림삼세 중에서 정파와 사파가 나란히 도와주고, 그 소문을 제재해줄 것이 없으니 모용세가의 위상은 하늘을 찌를 정도로 높아져 갔고, 곳곳에서 칭송을 받았다.

모용세가의 위세가 높아지면 높아질수록 모용중경은 죄책감에 시달리며 괴로워했다.

그에 반면 사도련주는 흡족해했다. 심지어 모용세가를 적극적으로 도와준 적도 있었다.

사도련의 최고의 끄나풀, 모용세가의 정체였다.

"그렇다면 날 찾아온 것도……."

"감시하기 위함이었소."

모용중광이 진양에게 검을 겨눈 채로 답했다.

"아, 그렇다고 감시만을 위해서만은 아니오. 삼 할 정도는 화경의 힘을 시험해 보고 싶었소."

"어떻게 그러실 수 있는 거죠!"

진양이 아니라 진연이 대신 반응하며 화를 냈다.

사제가 강호에 나가고 마음에 맞는 벗을 사귀었다 하면서 모용중광에 대해 말해 주었다.

안 그래도 무당파 내에서 친우라고 할 만한 사람이 몇 없어 걱정하고 있었던 진연이었다.

강호에 출두하여 여자들에게 인기를 끄는 건 싫었지만, 그래도 친우를 얻을 수 있어 순수하게 기뻐했다.

또한 평소에는 말로만 전해 듣다가, 직접 보니 그 기쁨과 신뢰는 더더욱 커졌다.

강호에 나가 있어도 모용중광만큼은 진양이 곤란해 할 때 곁에서 도와줄 것이라는 믿음이 갔다.

신뢰가 깊었던 만큼 배신감도 더더욱 컸다. 진양을 이렇게 상처 입힌 걸 용서할 수가 없었다.

"사저."

진양이 팔을 들어서 진연을 제지했다.

"제 대신 화내주셔서 고마워요."

"양아……."

"괜찮아요."

진양은 진연을 뒤로 물러나게 한 뒤, 모용중광을 마주본 채 무심한 표정으로 물었다.

"묻고 싶은 게 있소."

"얼마든지."

"용봉비무대회 때부터 맺었던 연은 모두 거짓이었던 거요?"

진양의 말에 모용중광은 고개를 좌우로 흔들었다.

"아니오. 처음부터 목적이 있었다면 모를까, 양 형과 만나서 등을 맞댔던 건 우연에 불과하오. 감시가 시작된 건 양 형께서 무당신룡이라 불리고 얼마 지나지 않았을 때요."

태극권협이라 불렸던 시절만 해도 사도련주는 진양에 대해 관심은커녕 존재 자체도 몰랐다.

하지만 이후에 자신이 세운 계획을 무너뜨리고, 화경에 된 순간부터 척살 순위에 올리게 됐다.

마침 모용중광이 진양과 연이 있다는 걸 알고, 그의 행적을 조사하게 했다.

물론 대놓고 감시하라는 명령은 내리지 않았다. 모용세가는 아직 비장의 수다. 좀 더 아껴야할 장기 말이다.

"양 형과 등을 맞대고 싸웠던 것을 진심으로 영광이라고 생각하오. 벗이라 부를 수 있는 관계여서 기뻤소."

용봉비무대회 때, 그에게 느낀 감정은 호기심이었다.

모용중광은 태어날 때부터 부족한 것 하나 없었다.

모용세가의 장남으로 태어났고, 재능까지 겸비했으며, 사실상 정파와 사파의 아낌없는 지원까지 받았다.

솔직히 말해서 용봉비무대회에 나가면 분명히 자신이 이길 것이라 생각했다.

하지만 전혀 아니었다. 결승에 오르기 전에 무당파의 도사를 만나게 되어 패배했다. 신선한 충격이었다.

이후 어쩌다보니 연이 닿아 함께했다.

가끔은 질투도 났지만, 별로 오래가지 않았다. 반대로 진양에게 자극되어 수련에 힘쓰게 됐다.

모용중광이 괜히 영웅이라고 칭송받는 게 아니다. 모든 걸 가졌음에도 비뚤어지지 않은 인성을 가졌다.

서로 마주보면서 술을 마신 것도 좋은 기억이었다. 진심으로 영혼의 벗이라 생각했다.

"……그런가."

모용중광의 대답에 진양이 눈을 지그시 감았다가 생각에 잠겼다.

"그것참……."

그리고 눈을 다시 뜨면서 입을 달싹였다.

"유감이오, 모용 형."

그 눈동자에는 어떠한 감정도 실려 있지 않았다.

믿었던 사람에게 배신당한 분노나 슬픔은 하나도 묻어나있지 않았다. 무덤덤한 감정뿐이었다.

"이런 걸 함부로 말해도 괜찮겠소?"

단 둘만이 있는 것도 아니고, 보는 눈이 너무 많다.

아마 얼마 지나지 않아 모용세가가 배신했다는 것이 전 무림에 퍼질 것이다.

모용중경이 무림맹을 배신하면서까지 지켜왔던 비밀이 만천하에 공개된다.

"사도련주가 날 보내면서 내린 지령이 있소."

사도련주는 금의상단주에 대해서 잘 안다. 그래서 그 성격을 통해 다음 행동을 예측했다.

진양이 설득하려고 갔을 때, 금의상단주는 왜 그래야 하냐고 증명을 하라며 말할 것이라고.

그리고 그 증명의 방식은 낭왕과의 비무일 것이라며 확단을 내렸다.

"썩 유쾌한 기분은 아니로군."

인상대가 흐응, 하고 불쾌한 심경을 내보였다.

항상 무림을 손바닥 위에 올려두고 장사를 했다. 누군가의 장기 말로 이용된 적은 정말 오랜만이었다.

"양 형. 사도련주는 실로 무서운 자요."

모용중광이 감탄했다는 듯이 낭왕을 슬쩍 흘겨봤다.

"사도련주는 양 형이 증명에 실패했을 경우, 그 죽음에 애도하여 한 명뿐인 영웅이 될 준비를 하라고 했소."

돈에 영혼을 팔은 채 사도련과 손을 잡은 낭왕

그리고 그 낭왕에게 목숨을 잃게 된 정마대전의 영웅 — 또 그를 품에 안고 절규하는 새로운 영웅, 모용검룡.

이 얼마나 환상적인 연출인가?

정사대전이 어떻게 될지는 안 봐도 뻔하다.

새로운 영웅으로 추대되어 무림맹을 지탱하던 기둥이 사실은 사도련의 오랜 끄나풀이었다니.

그거 하나만으로도 무림맹을 무너뜨릴 수 있었다. 당연히 그렇게 되면 사도련의 완벽한 승리다.

"솔직히 말해서 난 그렇게 될 줄 알았소. 양 형을 잃는 것을 생각하니 눈물이 절로 차오르더군."

모용중광의 감정은 결코 가짜가 아니다. 진양을 영혼의 벗이라 생각한 건 정말이다.

"하지만, 사도련주는 그 누구도 생각하지도 못한 일을 예견했소. 양 형이 증명의 성공하는 경우를 말이오."

사도련주의 무서운 점은 결코 확신을 갖지 않는다는 점

이다. 설사 성공률이 구 할 구 푼이라 하여도, 만약이라는 가능성을 세워서 실패할 경우의 대응책을 세운다.

모용중광조차도 솔직히 그 이야기를 듣고 별 걱정을 다 한다고 헛웃음을 흘렸다.

아무리 무당신룡이라고 한들, 정사대전에도 참전하여 활약한 적 있는 낭왕 오견을 이긴다고? 불가능하다.

자신은 물론이고 그 금의상단주조차 의심 하나 하지 않았다. 진양을 누구보다 신뢰하는 진연조차 그렇게 생각하면서 뜯어 말렸다.

하지만, 사도련주만큼은.

그 소름끼치도록 무서운 천재만큼은 달랐다.

"증명에 성공할 경우, 무슨 수를 써서라도 무당신룡과 금의상단주, 낭왕을 죽여야 한다."

금의상단과 낭왕이 무림맹으로 넘어가는 건 사도련주 입장에서 최악의 수다. 어떻게든 그걸 막아야한다.

인상대를 살해할 경우, 금의상단과는 영영 척을 지겠지만 상관없었다.

상왕이라 불리는 대상인, 금의상단주가 없는 금의상단 따위 전혀 두려울 것 없다고 여겼다.

"아아아악!"

"크아악!"

모용중광의 말이 끝나기 무섭게 주변에서 고통으로 가득찬 비명이 난무했다.

"상단주님을 지켜라!"

호위 중 누군가가 소리치자, 금의상단의 무사들 대부분이 인상대를 중심으로 삥 둘러싸며 벽을 만들었다.

"불쾌해. 불쾌해. 이 소란으로 얼마나 손해가 생긴 것인지…… 정말로 불쾌하구려, 모용세가의 소가주."

인상대는 소란에도 놀라거나 겁먹지 않았다.

"모용세가의 애송아."

스르륵.

모용중광의 옆에서 누군가가 튀어나왔다.

분명히 방금 전까지만 해도 아무도 없었는데, 원래 있었던 것처럼 자연스럽게 나타났다.

더더욱 소름이 끼치는 건 그 등장이 너무 자연스럽고 의문 하나 들지 않았다는 것이었다.

실체하지 않으나 실체하는 자들.

"유령곡."

"본 곡이 진 빚을 갚으러 왔네, 신룡."

그의 목소리에 오견도 반응했다.

"유령곡주!"

第十二章

정사대전(正邪大戰)

"정말로 쓸데없는 말을 줄줄이 나열하는구나."

유령곡주는 눈 부분을 제외하고 모조리 흑의로 가려져 있어 생김새를 알아보기가 힘들었다.

체구는 남자치곤 작고, 여자치고는 컸다. 골격 또한 중성적인 느낌이 나서 성별도 알아볼 수 없었다.

목소리로 알아보려고 해도, 쇠를 긁는 듯한 기괴하고 듣기 싫은 목소리여서 연령도 성별도 알 수 없었다.

분위기에선 어떠한 위압감도 느껴지지 않았지만, 유령 특유의 분위기가 있어 섬뜩하게 느껴졌다.

"유령곡주님께서 기분이 상하셨다면 진심으로 사죄드립

니다. 다만, 그에게는 거짓말을 하고 싶지 않았습니다."

모영중광은 쓴웃음을 흘리며 뒤통수를 긁적였다.

"저들이 죽을 운명이 아니었더라면, 네놈에게 입을 함부로 놀린 죄를 추궁했을 게다."

유령곡주가 모용중광을 슬쩍 흘겨보았다.

아무런 살의도 담겨져 있지 않았지만, 모용중광은 등골이 서늘한 것을 느끼며 침을 꿀꺽 삼켰다.

'과연, 유령들의 수장인가.'

살의도, 노기도, 투기도 느껴지지 않는다. 아무것도 느껴지지 않기에 더더욱 무서웠다.

"너무 성급했던 것 아니오?"

진양이 그런 모용중광을 뚫어지게 쳐다보면서 물었다.

그 속에는 아직 관부가 움직이고 있는 것인데 이러한 일을 벌여도 괜찮냐는 의미가 담겨져 있었다.

이번 일은 결과가 좋건 나쁘건 간에 소문이 나게 되어있다. 자세한 사정은 숨겨져도, 금의상단주과 무당신룡이 사망할 경우 큰 파장을 만들게 된다.

금의상단주는 그렇다 쳐도 정파의 영웅인 무당신룡이 죽게 된다면 곧 정사대전의 시작을 알리는 꼴이다.

황제의 명령으로 인해 전쟁이 억제되어있거늘, 여기서 움직이게 된다면 곧 그 명을 어기는 것이 된다.

"그것도 생각하지 못하고 움직였을 것이라고 생각하지 마시오. 이미 나흘 전에 마교 소탕이 끝나고 군대가 회군하고 있소."

모용중광이 입가에 웃음을 지우고 진양을 마주봤다.

"만약 양 형이 조금이라도 빨리 도착했으면 상황이 조금 달라졌을 거요. 아니, 이곳에 온 방문객들을 무시하고 억지로라도 금의상단주를 조금이라도 더 빨리 만났더라면 아마 내 쪽이 실패했을 거요."

배려 자체로는 나쁘지 않았다. 반대로 '역시, 영웅이로구나.' 라면서 평가 받을 정도로 훌륭했다.

하지만 그 배려로 인해 지금 상황을 부르게 됐다. 딱히 탓하는 건 아니다. 그저 운이 나쁠 뿐이었다.

"정말로…… 대단하다는 말밖에 안 나오는군."

진양이 감탄을 금치 못했다.

"그동안 천마만큼 위험한 자는 없을 거라고 생각했소. 하지만, 그건 크나큰 착각이었소."

진양이 질렸다는 듯이 고개를 좌우로 흔들었다.

사도련주가 천재인 것은 알고 있었다. 하지만 이렇게까지 앞을 내다볼 줄은 몰랐다.

정사대전을 코앞에 두고, 또 황제의 개입으로 인해 엉망이 된 계획을 수정하느라 분명 바빴을 것이다.

하지만 그사이에도 관군이 소탕을 끝내고 돌아가는 것까지 포함해 이런 짓을 꾸미고 있었을지는 몰랐다.

“하늘이 천마를 내리고, 사도련주까지 내렸소.”

진양이 눈을 돌려 검을 빼든 풍정국을 힐끗 쳐다봤다.

“미친 세상이지.”

풍정국이 진연을 데리고 진양의 근처에서 벗어나, 인상대가 있는 곳으로 이동하여 호위에 나섰다.

그 외에도 무림맹에서 따라온 무사들이 진연을 호위하는데 힘썼다.

“헌데 그 천마도 사도련주도 예상하지 못한 게 뭔지 아시오?”

파바밧!

열 명의 유령들이 소리 없이 나타났고, 그를 중심으로 둥글게 포위했다.

“다 쓰러져가는 오견은 네놈이 맡아라, 애송이. 신룡은 본 곡이 맡는다.”

유령곡주가 한 걸음 나서며 말했다.

“알겠습니다.”

모용중광은 아쉬워하는 눈치를 보이며 물러났다.

마음 같아선 자신이 싸우고 싶었다.

하지만 사도련주의 말이 있어서 그럴 수 없었다.

"말이 많구나, 신룡."

유령곡주의 입가 부근이 깊게 파였다. 입꼬리가 히죽 하고 올라간 걸 보니 비웃는 것 같았다.

"천마가 예상하지 못한 건, 지무악의 판단과 수혜사태의 존재였다."

수혜사태가 없었다면, 마교의 교리가 무림을 지배하여 마의 세상을 만들었을 지도 모른다.

지무악이 없었다면, 그 수혜사태에게 이상을 증명시킬 기회 — 맹주의 자리를 건네지 못했을지도 모른다.

"그리고, 사도련주가 예상하지 못한 건."

진양이 뒷목을 짚고 머리를 몇 바퀴 돌렸다. 우드득하고 뼈 소리가 요란하게 울렸다.

"쳐라."

유령들이 일제히 지면을 박찼다.

"절대고수에 오른 건 놀랍지만, 그래봤자 본 곡의 십화령(十化靈)들 앞에서는 무의미하지!"

유령곡에는 수장인 곡의 주인이 있고, 그 아래로 열 명의 유령이 있다. 그들의 이름이 바로 십화령이다.

그들 하나, 하나 숙련된 암살자들이며 그 경력만 이십 년을 훌쩍 넘는다.

이들에게 살해당한 자들의 목록만 해도 네 자리 수는 그냥 나온다. 무공 수준 또한 초절정 아래가 없었다.

확실히 그 움직임 모두가 북해에서 상대했던 유령들과 비교하면 달랐지만, 위협적이게 느껴지지는 않았다.

"죽어랏!"

후위에서 유령 중 누군가가 살기 어린 목소리로 외쳤다. 몸이 절로 반응할 정도로의 대단한 살기였다.

허나 진양은 반응 하나 하지 않고 앞만 바라봤다.

유령곡의 유령들은 대부분 기척이 존재하지 않는다. 애초에 저렇게 살기 어린 외침을 하는 것 자체가 '내가 뒤에서 널 공격할 것이다.'라고 광고하는 꼴이다.

쐐애액!

진양이 짐작한대로 공격은 후방에서 들어오지 않았다. 대신 옆에서 유령이 나타나 도를 휘둘렀다.

십화령 중에서도 초절정 최상승에 속하는 도령(刀靈)이었다.

'빠르구나.'

검법이라면 모를까 도법 중에서 빠른(快) 성질을 지닌 건 별로 없다. 도법 대부분이 강맹함이나 패도적인 것에 좀 더 위력적이기 때문이다.

유령곡은 이 점을 노리고 반대로 빠름을 중시한 도법을 오랜 세월에 끝에 개발하였다.

확실히 다른 성질에 비해선 비효율적이다. 괜히 강호의 도법이 다른 것에 치중된 것이 아니다.

하지만 유령곡은 무인이 아닌 암살자. 무공보다는 다른 방법으로 목숨을 빼앗는 자들이다.

그렇다보니 이렇게 익숙하지 않아 대응하지 못하는 걸로 허를 찌른다.

진양은 목덜미를 노리고 날아오는 도를 힐끗 쳐다보면서, 아까 하던 말을 계속해서 이었다.

"나로 인해 무림육존이 무림칠존으로 바뀌었다는 거지."

진양은 눈을 다시 원래의 위치로 돌린 뒤, 옆을 보지도 않고 오른손으로 일 권을 내질러 강기를 쏟아냈다.

그러자 펑, 하고 대기층이 겹겹이 박살나면서 이내 도령의 흉부를 힘껏 후려쳤다.

"커헉!"

도령이 눈을 찢어질 듯이 크게 뜨며 날아갔다. 그의 얼굴에 담긴 감정은 '어째서?' 라는 의문이었다.

"화경이었다면 너희를 눈치채지 못했을 거다."

진양이 발을 들었다가 지면으로 힘껏 내리꽂았다.

쿠아아앙!

용천혈에서 뿜어져 나온 내공이 그대로 땅바닥으로 파고들어 폭발을 일으켰다.

그를 중심으로 반경 일 장이 움푹 주저앉으며 거북이 등 껍질마냥 균열이 생겼다.

초절정의 고수들조차 아무것도 보이지 않던 유령들이 흐릿하게 존재감을 보이면서 나타났다.

"화경이었더라면."

진양이 빙판을 미끄러지듯이 부드러운 발놀림을 보이면서 이동했다.

그 움직임이 어찌나 빠르던지 밟고 있던 자리에는 잔상만이 남았다.

"무슨!"

십화령 중. 포박을 맡는 쇄령(鎖靈)이 경악을 금치 못했다. 아니, 쇄령뿐만이 아니다.

떨어진 거리에서 그 모습을 지켜보고 있던 유령곡주의 얼굴도 심각하게 굳었다.

'도대체 어떻게 유령보를……?'

기척은 물론이고 존재감 자체를 지워내는 신묘한 발걸음. 유령곡의 전부라 할 수 있는 것 중 하나가 유령보다.

자객들이 대부분, 아니 전부가 은밀한 발걸음을 가지고 있다. 암살하려 하면 필수로 갖춰야할 기술이다.

유령보는 그중에서도 단연 최고라 칠 수 있다. 발걸음 소리는 물론이고 기척 자체도 없게 만든다.

참고로 이 유령보는 유령곡의 고유의 심법을 연공하지 않으면 쓸 수 없다.

아니, 설사 심법을 안다고 해도 제대로 펼칠 수 있을지가 의문이다.

유령곡은 천하제일의 보법이라 자부할 수 있는 것 중 하나지만, 그만큼 끔찍한 난이도가 잇따른다.

도움이 없다면 아무리 천재라고 해도 힘든 것일 텐데.

어떻게 된 영문인지 진양은 그걸 자기 것이었던 마냥 너무나도 자연스럽게 펼쳐 쇄령에게 접근했다.

"만류귀종(萬流歸宗)이라는 말, 들어봤나?"

모든 흐름은 곧 하나로 통일된다. 무학의 종류는 다르되 절정이 되면 하나의 형태로 움직인다는 뜻이다.

북해에서 유령들을 상대하면서 깨달은 것이지만, 유령곡의 무공은 일종의 극음(極陰)이기도하다.

음의를 깨우쳤을 때는 따라할 수는 없었지만, 그 원리는 대강 이해할 수 있었다.

그리고 음양을 깨우쳤을 때, 유령보를 완벽하지 않지만 비슷하게 따라하는 데 성공했다.

"그런 거지."

진양이 손을 뻗어 쇄령의 목덜미를 낚아챘다.

"커헉!"

쇄령이 발버둥 쳤지만 소용없었다. 진양의 힘에 완벽히 제압되어 꼼짝도 하지 못했다.

'인질이 통할 것이라고 생각하냐? 멍청한 놈!'

창령(槍靈)이 속으로 비웃으면서 창을 일직선으로 내질렀다. 쇄령을 방패 대신 세웠으나, 상관없었다.

유령곡들 자객 사이에 정이란 건 없다. 서로에 대해서도 잘 모른다.

애초에 동료를 향한 정이 있다면 유령곡의 자객이 될 수 없다. 동료라 하여도 임무를 위해선 희생시킨다.

피도 눈물도 없는 살인도구들. 그게 유령곡이다.

'당황할 것이라고 생각했다면 큰 오산이다!'

무당신룡이 정파인답지 않게 싸운다는 건 이미 정보에 있다. 인질을 쓰는 것도 이미 예상했었다.

그래서 창령은 한 치의 흔들림 없이, 창을 내질렀다. 다른 여섯의 유령들 또한 마찬가지였다.

하나같이 각자의 무공을 자랑하면서 여섯 방향으로 절초를 날렸다.

"일단 창은 이리 막고."

하지만, 창령의 생각은 하나부터 열까지 잘못 되었다. 쇄령을 잡은 건 애초에 인질로 쓰기 위해서가 아니었다.

진양은 쇄령의 복부를 발로 후려차서 정면을 향해 날려

버렸다.

"커허억!"

쇄령이 창에 꿰뚫리면서 피와 함께 비명을 토해냈다.

'이런!'

창령이 눈살을 찌푸렸다. 쇄령과 함께 진양을 꿰뚫을 생각으로 창을 내질렀는데, 쇄령이 갑작스레 밀려오느라 그만 도중에 창에 전해지는 힘이 쇄령에게만 쏠렸다.

좀 더 알기 쉽게 말한다면 고기 방패. 그 약간의 멈칫함 때문에 목표를 놓쳐버렸다.

창령이 속으로 욕하는 동안, 검령(劍靈)이 제일 먼저 진양에게 접근해 혼신의 찌르기를 보였다.

'죽어랏!'

검령의 염원이 담긴 검이 진양의 심장 부근을 노리고 궤적을 그렸으나, 안타깝게도 닿지 못했다.

진양이 그 전에 왼손을 뻗어서 검을 부드럽게 감싸 안아 흘려버린 뒤, 오른손을 이용해 십단금을 펼쳐 검령의 흉부를 후려쳤다.

"카아악!"

검령의 내장육부가 모조리 갈기갈기 찢겼다. 그 자리에서 절명하며 뒤로 쓰러졌다.

'음, 뒤에서 하나.'

왼쪽 손목을 빙그르르 돌리자 검령에게 빼앗은 검이 회전하여 제대로 잡혔다.

진양은 오른발을 축으로 삼아 깔끔하게 회전하면서 오른 손바닥으로 장풍을 날렸다.

퍼엉!

소매가 펄럭임과 동시에 풍압이 뿜어져 나와 후방에서 접근해오던 유령을 밀어냈다.

유령은 특급 자객답게 갑작스런 장풍에도 흔들리지 않고 다음 행동에 나섰으나, 마음대로 되지가 않았다.

장풍에 실린 공력이 어마어마해 그걸 제대로 막아내는 데도 힘들었다. 반격에 나서려면 시간이 걸린다.

진양은 그걸 놓치지 않고 엉거주춤한 유령에게 몸을 날렸다.

'당하지 않는다!'

유령은 권법과 장법에 대응하기 위해 만반의 자세를 취했다.

진양이 검을 들었지만 투척용, 혹은 눈속임이라고 생각했다.

정보에 의하면 무당신룡은 가끔씩 주변의 병기를 쥐어서 속임수로 써먹는다고 들었다.

하지만, 상상과는 전혀 달랐다.

"뭔……!"

유령이 경악 어린 소리를 내뱉었다. 싸움 중에 그들은 죽을 때를 제외하곤 말을 하지 않는 편이다.

무심코 말할 정도로 놀랐다는 뜻. 그의 눈동자에 비치는 건 목 언저리를 노리고 들어오는 검이었다.

서걱!

검이 목에 파고들더니 살과 뼈를 깨끗하게 양단하면서 수평선을 긋는다. 목과 몸이 분리됐다.

진양은 손목을 가볍게 튕겨 검에 묻은 피를 털었다.

퍼억!

핏방울들이 지면에 다 닿기도 전, 등에서부터 충격이 전해져왔다.

'독인가.'

척추를 시작으로 독기가 침투해와 온몸에 파고들려고 하는 것이 느껴졌다.

'천면독주는 얼마나 대단할지 궁금해지는군.'

후위에서 날아온 독장(毒掌)을 정통으로 맞았지만 그다지 위험하지 않았다.

독기가 척추부터 시작해 기맥을 타서 온몸으로 전해져오려는 순간, 양기 — 화기를 끌어올려 불살라버렸다.

또한, 독을 막아내는 것만으로 끝나지 않고 화기를 그대로 쭉 분출하여 독령(毒靈)에게로 전했다.

"끄아아악!"

독령이 고통을 참지 못하고 비명을 흘렸다. 진양에게서 흘려져 나온 화기에 손바닥부터 시작해 팔, 어깨, 나아가 목과 얼굴까지 화상을 입었다.

피부가 벌겋게 익더니만, 붉게 물들며 곧 물집이 생겼다가 터져 진물이 줄줄 흘러져 나왔다.

주름이 가득 생겨 평생 동안 복면을 벗을 수 없는 흉한 얼굴이 됐다.

'오래 끌지 않겠다!'

천하의 금의상단주이니 그 호위들도 보통은 아닐 것이다. 하지만 유령곡이나 모용중광도 그건 마찬가지다.

눈동자를 빠르게 굴려보니 남은 숫자는 창령을 포함한 다섯. 조령(爪靈), 권령(拳靈), 장령(掌靈), 비령(匕靈)이었다.

"죽어랏!"

비령의 소매에서 수많은 비수가 튀어나오면서 하늘을 가렸다. 사천당가의 절기, 만천화우만큼은 아니었지만 그래도 그 숫자가 상당하여 압박감이 느껴졌다.

게다가 비수 하나하나에 기에 실린 걸 보면, 그 위력이 얼마인지 대충 느껴졌다.

무엇보다 살의를 이렇게 세세하게 분산시킨 것이 대단

하였다. 이러면 다른 살의는 물론이고 기척도 느끼기가 힘들다.

아무래도 시선이나 감각을 분산시켜서 유령들의 접근을 막아볼 생각인 것 같았으나, 소용없었다.

진양은 대충 세어 봐도 백을 넘는 비수들이 머리 위를 가득 메웠으나 당황하지 않고 침착하게 대응했다.

일단 왼손을 하늘 위로 뻗어 장풍을 쏟아내, 날아오는 비수들을 날려버렸다.

그리고 그사이, 권령이 몰래 접근해서 권격을 날리려했다.

"어딜!"

진양이 코웃음을 지으면서 오른팔을 들었다가 팔꿈치를 아래를 힘껏 찍었다.

"끄아아악!"

팔꿈치가 두개골을 정확히 가격하자, 눈이 튀어나올 것만큼 충격이 전해져와 권령은 비명을 토해냈다.

그리고 고통을 다 정리하기도 전, 진양은 이어서 무릎을 올려 차 권령의 얼굴을 쌔게 후려쳤다.

빠아악!

"컥!"

권령이 외마디 비명을 흘리며 눈을 뒤집었다. 이빨은 죄다 부러져 떨어져나갔고, 코뼈도 함몰됐다.

파바밧!

권령을 마무리하는 사이, 조령과 장령이 절초를 날렸다.

"과연."

조령의 경우, 조법을 상대하는 건 처음이라서 조금 신경 쓰였지만 위험이 될 정도는 아니다.

진양은 기압을 발산하여 나가떨어지는 권령을 좀 더 넓은 거리로 밀어낸 뒤, 양팔을 재빠르게 움직였다.

각각 좌수우권의 수법으로 장법와 권법을 펼쳤다.

파바밧!

무형의 강기를 실은 손바닥과 주먹이 잔상을 남기면서 머리 위로부터 공격해온 조령과 장령을 공격했다.

그들은 각자 나름대로의 절초를 날렸으나, 진양이 칠 할 이상의 공력을 실은 무형강기에는 속수무책이었다.

"으아아악!"

두 유령이 나란히 비명을 토해내고, 피를 흩뿌리면서 추풍낙엽처럼 쓰러져 바닥에 고꾸라졌다.

"유령보만 없다면 오합지졸이로구나."

유령곡 출신의 자객들의 진정한 무서움은 화경의 이목도 피할 수 있는 은신 능력이다.

고유의 내공심법과 거기에 이어지는 유령보. 존재감을 지우는 걸 넘어, 자연과 동화한다.

남의 인식 자체를 길가에 널린 돌멩이 같은 걸로 바꾸다니, 다시 생각해도 터무니없는 능력이다.

하지만, 반대로 이걸 간파할 수 없다면 그렇게까지 어려운 상대는 아니었다.

물론 다들 본신의 무위도 상당하기에 화경이 아니라면 상대하기 힘들겠지만, 절대고수에 오른 자신은 포함되지 않는다.

"이 괴물!"

비령의 소매가 다시 크게 부풀어 올랐다. 그 안에서 비수들이 튀어나와 수많은 빛줄기를 그렸다.

이에 진양은 날아오는 비수들을 정면으로 맞대면서 몸을 날렸다.

'기를 실어 위력과 속력을 상당히 높이긴 했으나, 초절정 정도밖에 되지 않아.'

언제부터 초절정 정도밖에, 라는 말이 입에 붙게 됐을까. 새삼 감회가 새로웠다.

진양은 자기도 모르게 피식, 하고 웃음을 흘리면서 제운보를 밟아 비령에게 돌진하며 파바밧 하고 주먹을 휘둘렀다.

몇 차례 되지도 않았으나, 휘두른 주먹에는 폭풍이 담겨져 있어 날아오던 비수들을 모조리 튕겨냈다.

그대로 나아가 비령에게 일격을 날리려던 순간, 우측에서 쐐애액! 하고 창극이 맹렬하게 회전하며 날아왔다.

"호오!"

진양이 놀랐다는 듯이 제자리에서 급히 멈췄다.

눈앞에서 창날이 아슬아슬하게 스치며 지나간다.

완벽하게 피하려고 했으나, 그러지 못했다. 창에 실린 강기가 머리카락 몇 가닥을 베고 지나갔다.

창령에게서 쯧, 하고 혀를 차는 소리가 들렸다.

"화경이었나?"

거리를 벌려 뒤로 물러난 진양이 창강기를 힐끔 보고 물었다.

화경은 뉘집 개 이름도 아니고, 쉽게 오를 수 없다. 그러다보니 강호에 화경의 고수는 대부분 이름이 알려져 있다. 눈앞에 있는 창령을 제외하고 말이다.

진양의 물음에 창령은 대답하지 않고 창을 고쳐 잡았다. 파츠츳, 하고 강기가 치솟았다.

"슬슬 너희가 정말로 자객인지 의문이 드는군."

자객이란 건 곧 사람을 몰래 죽이는 자들을 말한다. 이미 이렇게 싸우는 것 자체가 말도 안 된다.

독이건 암습이건, 그들은 종류 상관없이 일격필살에 힘쓴다. 대부분이 삼초 이상 걸리지 않는다.

만약 그 이상 걸린다면 그건 곧 임무의 실패를 말한다. 그들의 기술 대부분이 일격필살에 몰려 있기 때문에, 정면 승부에는 약한 모습을 보였다.

하지만 유령곡의 자객들은 달랐다. 그들은 자객의 기술 외에도 무인으로서의 기량도 갖추고 있었다.

방금 전에 싸울 때도 정말로 그들이 자객인지, 무인인지 헷갈려했을 정도였다.

"십화령이라, 그 이름. 머릿속에 새겨두도록 하마."

그리고 영원히 듣고 싶지 않은 이름이었다.

'내 주변 사람들을 위해서라도 여기에서 기필코 죽여야 한다.'

십화령은 진짜배기다. 괜히 유령곡주가 자신만만해 하는 게 아니었다.

유령보라는 사기적인 보법을 지니고 있을뿐더러, 그들은 암습과 정면 승부에도 능했다.

솔직히 말해서 자신이라서 이렇게 쉽게 상대할 수 있는 거지, 다른 이들이라면 쉽게 당했을 것이다.

설사 같은 절대고수라하여도 자기처럼 음의를 깨우치지 않았다면 상성이 나빠서 애를 먹었을지도 모른다.

하여튼, 이렇게 십화령을 상대하다보니 자연스레 소중한 사람들의 얼굴이 떠올랐다.

무당산 등 안전한 장소에 있지 않았다면 십화령에게 인질로 잡혔을지도 모른다. 상상만 해도 끔찍했다.

"하앗!"

진양이 먼저 기합을 내뱉으면서 몸을 날렸다. 그 속도는 여전히 눈으로 좇기 힘들 정도로 빨랐다.

그가 있던 자리에 잔상이 남았고, 사라질 무렵 창령의 코앞까지 다가가 주먹을 힘껏 내질렀다.

쿠아앙—!

무형강기가 보이지 않는 대기층을 몇 겹이나 꿰뚫으면서 창령의 가슴팍을 노리고 들어갔다.

창령에게는 그 강기가 전혀 보이지 않았지만, 무의식적으로 창강기를 최대로 발출하여 격돌시켰다.

콰앙!

강기끼리 부딪치자 폭음이 한 차례 터졌고, 그 폭발의 여파가 다 가시기도 전, 창령이 연달아 창을 내질렀다.

파바바밧!

창이 연달아 창격을 쏟아냈다. 창대는 하나인데, 창날만 여러 개로 나뉘어 머리만 아홉 개 달린 괴물 같았다.

진양도 마찬가지로 권격과 장격을 연달아 날렸다. 강기가 실린 건 두말할 것도 없었다.

펑! 퍼퍼펑!

서로의 공격이 공중에서 눈 깜짝할 사이에 몇 십 번이나 부딪쳤다.

진양도 창령도 멈추지 않고 공격을 날렸다. 강기끼리 충돌하면서 굉음을 계속해서 토해냈다.

둘 다 제자리에서 공격하는 것만이 아니라, 제운보와 유령보를 밟으면서 어지럽게 서로 공수를 교환했다.

비령은 그 도중에 적절한 타이밍에 알맞게 비수를 날려 진양의 발걸음을 방해하기도 했다.

절대고수와 화경의 고수의 싸움인데도 잘만 방해했다.

'나와 비슷했어.'

절대고수에 오르지 않았더라면 큰일 날 뻔했다. 창령의 경지가 양의까지 얻기 전의 자신과 비슷했다.

아마 절대고수에 오르지 않았더라면 진작 당했을지도 모른다.

"……!"

숨도 쉬지 않고 창령과 공수를 교환하던 진양이 어느 순간 눈을 크게 뜨며 반응했다.

'드디어 움직였구나!'

적들 중에서 제일 신경 쓰인 건 모용중광도, 십화령도 아니었다. 당연히 유령들의 수장, 유령곡주였다.

아까부터 지켜보기만 하기에 무얼 하나 싶었는데, 그 무거운 엉덩이를 드디어 움직였다.

누가 유령곡주 아니랄까봐 정신을 차리고 보니 어느새 후위에 다가와 있었다.

'그렇다면……!'

진양이 아랫배에 힘을 잔뜩 주었다. 단전에서 어마어마한 내공이 흘러나와 힘을 실어 주었다.

진양은 도중에 공격을 멈추고, 제운종을 극성으로 펼쳐 창을 피하는 데 성공했다.

'음양쌍격!'

그리곤 창령과 비령이 끼어들지 못하도록 각자 양의와 음의를 담은 공격을 날렸다.

"말도 안 돼!"

창령과 비령은 절대고수가 펼친 절초가 얼마나 무시무시한 것인지 몸소 깨달으며 비명을 질렀다.

아무리 천재라 하여도 이런 나이에 이 정도의 경지를 세운 것에 도저히 믿을 수 없었다.

진양은 그 둘이 당황한 사이 몸을 제자리에서 회전시킨 뒤, 십단금을 날렸다.

"어림없다!"

눈 깜짝할 사이, 이변이 벌어졌다. 유령곡주의 뼈대가 우득, 우드득하고 엇갈리면서 접히기 시작했다.

그 외에도 근육 역시 축소했고, 그야말로 사술 같은 일이 벌어졌다.

유령곡주의 몸이 줄어들어 예닐곱 살 정도 되는 아이로 변했고, 얼굴 역시 소년의 얼굴을 갖췄다.

얼굴뿐만 아니라 체구까지 바꾸는 역용술. 이 수법에 방심하여 죽어간 자들도 여럿이고, 싸우는 도중에 체구가 갑자기 변해 당황해서 죽은 자들도 여럿이다.

유령곡주가 끝이라는 듯, 허리춤에서 비도를 꺼내들고 강기를 실은 뒤 진양의 하복부를 찔렀다.

"끝이다!"

찰나의 순간, 비도의 끝자락이 복부에 닿기 전 — 과연, 이라는 생각이 스치고 지나갔다.

'괜히 천하제일의 살수가 아니로구나. 이런 거라면 당할 수밖에 없지.'

마음이 약해지도록 아이의 모습으로 변한 것만으로도 충분히 위력인데, 싸우는 도중 역용술을 펼쳤다.

이러면 혼란을 가져올 뿐만 아니라 여태껏 상대해왔던 적의 특징이 초기화되서 다시 감을 잡아야한다.

무엇보다 유령보라는 사기적인 보법까지 곁들였으니, 괜히 유령곡주가 아니었다.

'나에게는 통하지 않지만.'

겉모습이 아이라고 해도 전혀 봐줄 생각은 없었다. 아니, 설사 적이 정말 아이라도 봐주지 않는다.

강호에는 아이와 노인을 조심하라는 말이 있을뿐더러, 일단 손에 병장기를 쥐었다면 그건 적일 뿐이다.

진양은 손목을 가볍게 튕기듯이 움직였다. 무형강기를 실은 손바닥이 비도를 후려쳤다.

"……!"

유령곡주가 눈을 살짝 크게 떴다. 비도를 쥐고 있던 손까지 우드득하고 부러져서가 아니다.

나름대로 준비해 두었던 비장의 한 수가 이렇게 허무하게 막힐 줄은 몰랐다는 표정이었다.

"정말로 유감이다, 유령곡주."

진양이 미안하다는 듯이 쓰게 웃었다.

유령곡주는 확실히 천하제일자객이라고 불릴 만했다. 유령곡도 마찬가지다. 괜히 그 명성이 높은 게 아니었다.

진양 역시 절대고수에 오르지 않았더라면 유령곡에게 속수무책으로 당했을지도 모른다.

다른 건 몰라도 창령과 싸우는 도중에 유령곡주가 이렇게 튀어나왔다면 아이건 뭐건 간에 죽는다.

안 그래도 유령보를 쓰는 자객들만 해도 성가셔 죽겠는데 이런 터무니없는 합공을 당하면 이겨낼 수가 없다.

하지만 이것 역시 화경이었을 경우의 이야기다.

만약, 깨달음을 얻지 못했더라면.

아니, 낭왕과의 대결 이전에 암습을 당했다면 지금쯤 저승에서 염라대왕과 얼굴을 맞대고 있었을 것이다.

"운이 나빴다."

몇 번이나 말하지만 유령곡주는 약하지 않다. 반대로 그 어떤 적보다 위험했다.

다만, 상대가 나빴을 뿐이었다.

유령보가 통하지 않는 절대고수라니. 유령곡주 입장에선 이보다 나쁜 경우를 찾아볼 수 없을 것이다.

"으하하하!"

유령곡주가 뭐가 그렇게 재미있는지 웃음을 터뜨렸다.

"오만한 놈!"

유령곡주가 부러지지 않은 손목을 움직였다. 그러자 놀랍게도 몸이 움직이지 않았다.

"이건……."

순간 초능력이라도 사용했나 싶었지만, 아니었다. 눈을 게슴츠레 뜨고 시력에 집중하니 유령곡주의 소매 부근부터 이어진 수십 가닥의 실이 보였다.

"본 곡의 신병이기인 천잠사(天蠶絲)라는 거다!"

무림에는 사람의 생각을 월등히 뛰어넘는 물건들이 존

재한다. 그중 하나가 바로 천잠사다.

산누에나방 중에서도 특수한 영기를 지닌 천잠이라는 종이 있는데, 누에에게서 뽑는 비단실이 천잠사다.

어지간한 힘으로는 끊거나 잘라낼 수 없을뿐더러, 불에도 강해 결코 타지 않는다.

그래서인지 역대 황제들 대부분이 이 천잠사로 된 옷을 즐겨 입었다. 기를 주입하지 않으면 검까지 튕겨 내버릴 정도로 높은 방어력을 자랑했기 때문이었다.

다만 종의 숫자가 워낙 적고 희귀하여 돈을 주고도 구할 수 없는 신물이었다.

"음."

혹시 하고 기를 실어서 힘을 줘봤지만 꿈적도 하지 못했다. 강기까지 끌어 올리려하자 유령곡주가 비웃었다.

"아무리 발버둥 쳐도 소용없을 것이다. 그 천잠사는 강기까지 막아내는 특제다."

천잠이 백 년 정도 세월을 버티게 되면 천잠사도 자연스레 힘을 받고 성장하게 된다.

유령곡은 이를 알고 예로부터 천잠을 키워오고 천잠사를 뽑아냈다. 오랜 연구 끝에 강기도 막게 됐다.

"흐하하하, 아까부터 주절주절 거리는 것부터 알아봤다. 잘 가라, 신룡. 그 이름은 기억해 주마!"

유령곡주가 씩 웃으면서 창령에게 눈짓을 줬다.

아까 날아갔던 창령은 느긋한 발걸음으로 천천히 다가와 창을 달았다. 창극에는 푸르스름한 강기가 맺혔다.

"유령곡주."

진양이 눈썹 하나 까딱하지 않고 유령곡주를 내려다봤다. 그가 아직도 소년의 모습이라 키 차이가 있었다.

"이제 와서 목숨 구걸이라도 할 생각이냐?"

유령곡주의 입가가 깊게 파였다.

"아니, 틀렸다."

진양은 여전히 무덤덤한 표정을 유지한 채 고개만을 좌우로 절레절레 흔들었다.

유령곡주는 그걸 보고 몹시 마음에 들지 않았다.

천잠사에 묶여 곧 죽을 운명인데도 저 묘하게 당당한 태도를 보니 짜증이 왈칵 솟았다.

'아니, 잠깐.'

움직였다. 비록 고개만이지만 움직였다.

유령곡주는 어떻게 된 일인지 이해하지 못하고 혼란에 잠겼다.

이 천잠사는 무림육존처럼 절대고수를 위해서 준비했다. 그들 하나하나가 대부분 인간의 영역을 넘은 초고수라서 무슨 짓을 할지 몰라 천잠사를 이렇게 잔뜩 준비해 손가락 하나 까딱할 수 없도록 노렸다.

'그럴 리가 없다.'

유령곡주는 머릿속으로 떠오른 가능성을 전면부정 했다. 믿기지 않은 현실에서 눈을 돌렸다.

"창령, 뭐하고 있느냐! 빨리 놈을 죽여라!"

유령곡주가 살짝 초조해진 목소리로 외쳤다.

"하아앗!"

창령이 한쪽 발을 힘껏 내딛으면서 혼신의 찌르기를 날렸다. 창에 맺힌 강기가 공기 벽을 꿰뚫었다.

유령곡주도 혹시 모를 사태에 대비해 허리춤에서 비도를 꺼내 수평으로 크게 휘둘렀다.

천잠사에 구속된 채 앞과 뒤에서 강기를 실은 공격이 날아왔다. 웬만한 고수들도 이건 피하지 못한다.

절대고수가 아닌 한.

"흐읍!"

진양은 크게 들이쉬면서 몸에 잔뜩 힘을 주었다. 그리곤 허리를 오른쪽으로 힘껏 돌렸다.

몸을 고정하고 있던 천잠사가 후드득 소리를 내면서 죄다 끊어져 버렸다.

"헉!"

창령이 당황하면서 창을 얼른 틀었으나, 이미 늦었다.

설마하니 천잠사가 뜯어질 줄은 상상도 하지 못했기에 창은 그대로 쭉 나아가 진양이 있던 곳을 찔렀다.

진양은 허리를 비튼 덕에 피해냈지만, 천잠사로 그를 붙잡고 있던 유령곡주는 아니었다.

"커허억!"

푸욱!

천잠사가 끊기지 않고 늘어난 것만으로 끝났다면 창에 실린 강기를 막아냈을지도 모른다.

하지만 천잠사가 모조리 끊긴 유령곡주는 막아낼 것도 없었고, 날아오는 창을 허용할 수밖에 없었다.

창은 유령곡주의 명치에 그대로 구멍을 내면서 등 바깥으로 튀어나왔다.

"쿨럭!"

유령곡주가 피를 울컥 토해냈다. 그리곤 머리를 천천히 내려 믿을 수 없다는 표정으로 창날을 살폈다.

"어떻……게……?"

천잠사를 어떻게 끊었냐는 물음이었다.

"유령곡이 대단하다는 소문은 예로부터 들었지만, 무림육존처럼 절대고수를 암살했다는 말은 없었다."

진양은 창령이 창을 다시 되돌리기 전, 얼른 손을 번개같이 뻗어 창대를 꽈악 쥐었다.

"크윽!"

창령이 힘을 주었지만 소용없었다. 힘 역시 진양 쪽이 한 수 위였다.

"아마 실패했거나, 아니면 시도조차 하지 않았다는 건데 — 네가 천잠사를 쓴 걸 보면 아무래도 후자겠지."

무림육존의 암살 의뢰 등급은 가능 불가능을 넘어서 애초에 의뢰하려면 환산할 수 없는 금액이 나온다.

그 금액을 지불할 수 있는 자는 전 무림을 뒤져봐도 천하제일거상인 금의상단주 정도밖에 없다. 금의상단주야 그런 의뢰를 할 일이 없으니까 자연히 암살할 시도조차 하지 않았다.

당연히 유령곡주가 그렇게 자랑하던 천잠사 역시 절대고수들에게 사용한 적이 없었다.

"확실히 강기로도 끊을 수도 없다는 건 대단해. 하지만, 그뿐. 강기가 통하지 않는다면 그 윗 단계를 쓰면 그만이다."

"……쿨럭! 그게, 대체 뭔……."

헛소리냐는 말이냐고 말하려 했지만 피가 끓어올라 제대로 말하지 못했다.

"화경을 넘어, 절대고수의 경지에 오르면 공통적으로 얻는 게 있다. 바로 형태가 없는 강기지."

진양은 눈동자를 슬쩍 굴려 왼손에 쥔 창대를 쳐다봤다.

"크으읏!"

창령이 어떻게든 창을 회수하기 위해서 이를 악물며 안간 힘을 썼다.

창대에선 푸르스름한 아지랑이, 강기가 치솟아 올랐으나 소용없었다.

아까까지만 해도 진양의 무형강기에 대적했는데, 어찌된 영문인지 지금은 상대가 되지 않았다.

"미안한 말이지만, 무형강기는 형태만 존재하지 않는 것만으로 끝나지 않는다. 그리 간단할 리 없지."

명색에 절대고수에 오르면 얻는 힘이다. 당연히 강기를 다루는 솜씨도 화경 때보다 월등히 높아진다.

강기를 구성하는 기의 밀도가 좀 더 탄탄해지거나 혹은 그 외에 특징을 갖게 되기도 한다.

대신 그만큼 내공의 소비도 상당히 크다.

무한한 내공을 지녔다는 진양도 살짝 지칠 정도이니, 어느 정도인지는 대충 감을 잡을 수 있었다.

그래서 진양은 무형강기를 최대 출력으로 사용해 천잠사를 죄다 뜯는 데 성공했다.

유령곡주의 최대 실수는 천잠사를 너무 맹신했다는 것이다.

"크하하, 크하하하……!"

유령곡주가 어이없다는 듯이 웃음을 터뜨렸다. 그 목소리는 여전히 쇠를 긁는 것처럼 기분 나쁘고 기괴했다.

"과연, 네놈 말대로다!"

자객이란 건 적의 자만이나 오만, 그리고 방심. 확신을 가졌다는 착각을 틈을 노려서 목숨을 빼앗는다.

하지만 정작 자신이 그걸 깜빡 잊고 있었다.

아무리 확신하고 있다고 해도 의심했어야 한다. 천잠사가 소용없다는 경우를 상정 하에 둬야했다.

유령곡주의 동공은 차츰차츰 빛을 잃기 시작했고, 그의 입가에서 허탈한 웃음소리가 흘러나왔다.

"검존, 천마, 사도련주…… 그리고, 신룡(神龍). 이런 시대에 태어난 내가 원망스럽구나. 고금이래 천하제일이란 이름을 달 자격이 있는 자객이 되었건만…… 하하하!"

유령곡주가 선 채로 절명했다.

*　　*　　*

채앵!

금속과 금속끼리 부딪치면서 불꽃을 토해냈다.

"어르신과 싸울 수 있어 영광입니다."

모용중광이 손목을 움직여 손에 쥔 검을 한 바퀴 돌려낸 뒤 바로 잡았다.

"난세에는 인재가 많다고 하더니만, 그 말이 거짓은 아닌가. 이립도 되지 않았는데 화경에 오른 자가 설마하니 둘이나 될 줄은 몰랐다."

오견이 눈살을 찌푸리면서 흔들리는 손목을 진정시켰다.

평소라면 간에 기별도 가지 않는 공격이었으나, 태극쌍격을 맞고 제대로 된 치료를 하지 못해 강기를 펼치는 것만으로도 힘이 들었다.

얼마 싸우지도 않았는데 하단전에서는 바늘 수천 개를 삼킨 것처럼 끔찍한 고통이 느껴졌다.

내상을 입었는데도 계속해서 강기를 발현하는 것은 좋지 않다. 원래라면 당장 도망쳐야하는 것이 맞다.

허나 이미 이 주변은 포위된 상태이고, 금의상단주라는 의뢰인이 바로 뒤에 있으니 도망칠 수도 없었다.

낭인이 의뢰 도중 도망치면 신뢰를 잃고, 그렇게 되면 자신의 가치 또한 곤두박질친다.

그게 신경 쓰여서라도 여기선 도망칠 수 없었다.

"전 그다지 대단하지 않습니다. 바로 근처에 좀 더 대단한 무인이 있지 않습니까."

모용중광이 쓰게 웃었다. 서른 살이 채 되기도 전, 절대고수가 오른 진짜 괴물이 있다.

오견은 그런 모용중광을 신기한 듯이 바라보면서 물었다.

"시기하지 않는군."

"그럴 리 있겠습니까?"

모용중광은 머리를 좌우로 흔들었다.

"세간에선 양 형을 보고 불공평한 재능 덕에 그런 경지를 이룰 수 있었다고 하지만, 전혀 다릅니다."

모용중광은 진양과 오랜 시간을 함께한 만큼, 그의 무위가 단순히 재능만으로 이룩한 것이 아니란 걸 안다.

남들보다 독하면 독했지, 전혀 부족하지 않은 수련을 성실하게 해냈다.

그뿐만 아니라 마음의 성숙도 한몫했다.

절정이건 초절정이건 화경이건 간에 상대를 결코 우습게보지 않고 항상 전력을 다해 싸워왔다.

설사 삼류가 상대라고 해도 촉각을 곤두세워 경계했고, 오만하지도 자만하지도 않았다.

남들에 비해 항상 자신은 부족하다며 열심히 해왔다. 그건 남들이 칭송하는 화경 때도 마찬가지였다.

물론 재능이 없는 것은 아니겠지만, 그래도 역시 그 마음가짐이 제일 큰 몫을 했다고 생각했다.

모용중광은 거기에 자극을 받아 피나는 노력을 했고, 그 결과 이렇게 화경이 될 수 있었다.

질투가 아예 없었던 건 아니지만, 그래도 그보다 진양에 대한 존경심이 더욱 컸다.

"허어, 영웅이라 하더니만 그 말대로구나. 정말 판에 박힌 것 같은 놈이로다."

오견이 질린 표정으로 감탄사를 내뱉었다.

"아직 그 정도는 아닙니다, 어르……신!"

모용중광이 바람을 가르면서 오견에게 접근했다. 그 속도가 빛과 같다고 말할 정도였다.

휘익!

모용중광이 검을 크게 휘둘러 곡선을 그렸다. 섬광분운검이라는 이름에 맞게, 섬광이 번쩍여 눈을 가렸다.

오견은 그 빛이 거추장스러운 듯, 한쪽 눈을 감고 손에 쥔 검을 반사적으로 휘둘렀다.

채애앵!

오견의 변응생검과 모용중광의 섬광분운검이 충돌했다. 서로 검을 쥔 손이 파르르 떨렸다.

"아까 전에 그리 치명상을 입으셨는데도 이 정도 위력이라니, 절대고수의 경지는 그야말로 하늘이로군요."

모용중광이 기가 막힌 표정으로 혀를 찼다.

"이렇게 빈약한 하늘 따위 필요 없네. 용이 자꾸 올라와서 뚫으려 하지 않는가? 이미 한 번 뚫리기도 했고."

채앵!

오견이 표정 하나 바꾸지 않고 검을 아래에서 위로 치켜 올려 모용중광의 검을 튕겨냈다.

그리곤 자세 하나 바꾸지 않고 그대로 위로 올라간 검을 아래로 대각선을 그었다.

"흡!"

모용중광이 숨을 멈추며 퇴보했다. 그가 있던 자리에 오견의 검이 옷자락을 베지 못하고 지나갔다.

"흠."

너무 크게 움직인 걸까, 내장에서 통증과 함께 피가 목구멍까지 치밀어 올랐다.

오견은 미간을 찌푸린 채로 다리를 움직여 발끝으로 흙을 쳐내 모용중광에게 뿌렸다.

평소라면 금의상단주를 봐서라도 쓰지 않겠지만, 지금처럼 목숨이 위험한 경우에는 상황이 좀 달라진다.

치명상을 입어서 강기를 만드는 데만 해도 벅찬데 그런 걸 신경 쓸 여유 따위는 없었다.

"크!"

모용중광이 호신강기를 얇게 펼쳐서 흙먼지를 막았다. 그리고 그사이 오견이 다시 접근했다.

파바바밧!

오견의 검격이 빗발처럼 쏟아졌다. 그 속도에 알맞게 잔상을 남겼다.

"으음!"

모용중광도 침음을 흘리면서 똑같이 대행했다. 극쾌에 걸맞게 눈부시게 빠른 속도였다.

채채채챙!

검과 검이 허공에서 몇 번이나 부딪치면서 불꽃을 튀겼다. 금속끼리 부딪치는 마찰음이 계속 터졌다.

모용중광은 검을 휘두르면서도 감탄과 경악을 금치 못했다. 변응생공의 힘에 몸서리쳤다.

평생 동안 빠름에 모든 걸 걸었거늘, 오견은 아무렇지 않게 그걸 재현하고 있었다.

변응생공의 변칙은 그야말로 무궁무진. 그것도 치명상을 입어 약해졌다는 걸 생각하면 소름이 끼쳤다.

'양 형은 정말로 대단하구나!'

새삼 진양이 얼마나 굉장한지 깨닫게 됐다.

치명상을 입은 낭왕도 충분히 강하거늘, 진양은 전력을 다한 낭왕과 정면으로 싸워 승리했다.

같은 연령에 비슷한 배경까지 지니고 있어 나름대로 호적수라고 생각했는데, 전혀 아니었다.

진양은 언제나처럼 자신의 예상을 훌쩍 뛰어넘어 저 멀리 하늘에 있었다.

"정말로…… 대단하오, 양 형!"

모용중광이 눈동자를 반짝였다. 그 안에는 여러 가지 감정이 소용돌이쳤다.

선의와 존경심에서 시작된 호승심과 경쟁심이 흘러 넘쳐 — 불꽃과 함께 활활 타올랐다.

"허어!"

그 눈을 코앞에서 본 오견이 헛웃음을 흘렸다.

'노부를 앞에 두고 다른 생각을 하는 건 그렇다 쳐도, 지금 이 순간 성장하고 있다니!'

모용의 검룡이 무당의 신룡에 의해 가려졌다는 말이 정말이었다.

사실 서른 살이 채 되지도 않고 화경에 오르는 건 거의 불가능하다. 고금이래 최초라 할 정도다.

그런데 거기에서 비록 치명상을 입었다지만 절대고수와 싸우면서 성장하다니!

'죽여야 한다.'

오견의 생존본능이 앵앵 울려대면서 경고했다.

여태껏 살아남게 만들었던 본능과 촉각이 날카롭게 곤두서서 모용중광을 죽이라고 외치고 있었다.

훗날 정사대전이 일어났을 때 적이 된다면 사도련주나 천면독주만큼 귀찮은 상대가 될지도 모른다.

아무리 그래도 절대고수에 오르는 건 불가능하겠지만, 그래도 그만큼 위협이 된다.

오견은 조금이라도 무리를 해서라도 이 자리에서 모용중광의 목을 빼앗으려했다.

하지만 그 순간.

"……하하하!"

멀리서 유령곡주의 피 끓는 웃음소리가 들려왔고, 모용중광의 안색이 삽시간에 변했다.

"끙."

모용중광을 입맛을 다시면서 아쉬운 표정을 지었다.

방금 전에 무언가 얻을 것 같았으나, 상황이 급변하면서 그 소중한 기회를 놓쳐버렸다.

정신없이 쏟아지던 검격들도 이내 멈추었고, 모용중광은 오견에게서 물러나 거리를 벌렸다.

"어딜 도망 가느…… 큭!"

오견의 얼굴이 참혹하게 일그러졌다. 단전뿐만 아니라 온몸에서 느껴지는 고통은 장난이 아니었다.

솔직히 말해서 지금까지 정신력으로 버텼을 뿐, 더 이상 움직일 수 있는 상태가 아니었다.

금의상단주가 불러준 의원과 호위들에게 응급치료를 받았으나 어디까지나 응급 수준에 불과했다.

여기서 더 무리한다면 심하면 주화입마에 걸려 모든 걸 잃을지도 모른다.

"유령곡주가 패배했나……."

모용중광은 아쉬움 반, 안도 반이 섞인 중얼거림을 흘렸다.

임무가 실패했다는 것에 아쉬워했으나, 동시에 진양과 또다시 맞붙을 기회가 있다는 것에 안도했다.

* * *

"맙소사, 천잠사를 사용했는데도 곡주님께서 당하시다니……."

십화령을 제외하고 다른 유령들을 지휘하며 싸우고 있던 뇌령(腦靈)이 믿을 수 없다는 듯 침음을 흘렸다.

사도련에서 지원을 온 무사들도 기겁하면서 주춤주춤 물러났다.

"여기서 싸우는 건 미친 짓이다."

"임무가 실패했다는 걸 알면 사도련주가 우릴 죽일지도 모르지만, 여기에 있어도 죽는 건 매한가지다."

"방금 전에도 무당신룡의 무위를 보지 않았나?"

"신룡(新龍)이 아니라 신룡(神龍)!"

"무림육존, 아니 무림칠존을 둘이나 상대하라고……?"

무림 아래 일곱 명밖에 없는 절대자.

그 이름은 상상 이상의 공포이다.

아군으로 둔다면 그 무엇보다 든든하고 힘이 되지만, 반대로 적으로 두면 악귀나찰 그 자체다.

"여기까지인 것 같소."

모용중광이 쓰게 웃으면서 온몸이 피투성이인 진양을 마주보며 말했다.

도사치곤 섬뜩한 모습이었으나, 모용중광의 눈에 비치는 그는 언제나처럼 똑같았다.

"왜 이런 짓을 벌였냐는 바보 같은 질문은 하지 않겠소."

눈을 감으면, 지금까지 모용중광과 함께 했던 장면이 스쳐지나갔다. 나쁘지 않은 기억이었다.

서로에게 등을 맡길 수 있는 사람은 몇 없다. 모용중광은 그중 몇 안 되는 인물이다.

"괜한 시간 끌지 말고 죽여라, 신룡."

오견이 후들거리는 다리로 버티면서 경고했다.

"낭왕. 무리하지 말게. 자네를 잃으면 내 대체 얼마나 잃을 거라 생각하나."

인상대가 호위들과 함께 나타나 오견을 보호했다.

그 안에는 의원도 있어 급히 오견의 상태를 살폈다.

"양아……."

진연은 안타깝다는 듯이 사제를 바라봤다.

"유령곡이……."

진양은 눈과 함께 입을 느긋하게 열었다.

"좀 강했소."

진양의 말에 모용중광의 눈에 이채가 서렸다.

"안 그래도 낭왕과 싸우느라 내상 좀 입었는데, 연달아 유령곡과 엎치락뒤치락 하니 온몸이 쑤시는군. 아무래도 이 이상 움직이는 건 좀 힘들 것 같소."

"이 멍청한 애송이놈아, 무슨 생각이냐!"

그 말에 모용중광이 아닌 오견이 소리를 버럭 지르면서 반응을 보였다.

"정말로 괜찮겠소?"

모용중광이 쓴웃음 대신 진지한 얼굴로 물었다.

"모용 형. 난 본래 후환을 남겨두는 편이 아니오."

정 때문에 적을 놓아준다, 라는 선택지는 없다.

전생의 무협지 등을 보면 괜히 놓아주었다가 난적이 되어 괴롭히는 장면이 정말 자주 나온다.

"그러니까, 마음이 바뀌기 전에 가시오. 그동안 함께 했던 시간과 정을 생각해서 보내주는 거니까."

자꾸 뒤편에서 오견이 '이 미친 자식!' 이라면서 욕설이 들려왔지만 무시했다.

"양 형, 이런 말하기 뭐하지만…… 후회하게 될 거요. 내가 다시 양 형의 곁에서 함께할 일은 없을 거요."

모용세가가 배신했다. 이 결과는 결코 숨기지 못한다.

다른 사람도 아니고 다음 대 가주가 내정된 소가주다.

모용중광도 마음 같아선 이런 짓 따위 하고 싶지 않았다. 아비이자 현 가주인 모용중경 같은 마음이었다.

어쩔 수 없다는 현실이 자신의 발목을 붙잡았다.

"그런 건 나도 잘 알고 있소, 모용 형."

진양이 눈을 매섭게 떴다. 방금 전까지 아무렇지 않았던 무감정한 눈에서, 살의가 흘러나왔다.

"그러니까, 다음이란 건 더 이상 없소."

모용중광은 자신을 향한 살의에 놀랐다.

그동안 부드럽고 상냥하게 쳐다보고 있던 시선은 없었다. 오직 살의만으로 가득한 눈동자밖에 없었다.

지금 보내준 건, 그동안 영혼으로 이어진 벗이라고 생각했기에. 그동안의 정과 의리를 생각해서다.

하지만, 이제는 더 이상 존재하지 않는다.

"살고 싶다면, 그 누구와도 만나지 않고, 속세에 연을 끊은 채 은거하시오."

신룡의 눈동자가 정말로 용안인 것 마냥, 동공이 세로로 갈라지는 듯한 착각이 들었다.

"그렇지 않으면……."

그 동공은 때때로 흑안으로 변하기도 했고, 또는 백안으로 변하기도 하였다.

"죽을 거요."

신룡과 검룡, 갈라서다.

* * *

안휘, 무림맹.

탓탓탓!

전령이 헉헉거리면서 좁은 복도를 급하게 달렸다. 길목에 서 있던 무사들과 시종들이 식겁하며 물러났다.

무사 중 한 명은 전령을 잡아 혼내주려 했지만, 눈치 빠른 무사가 그를 붙잡으며 고개를 좌우로 흔들었다.

그가 뭐라 말하자 전령을 잡으려던 무사의 안색이 딱딱하게 굳었다.

"급보입니다!"

전령이 회의실 문을 부수듯이 열며 소리를 질렀다.

한창 회의 중이었던 장로진은 불쾌하다는 듯이 눈썹을 찡그렸다.

문이 열리는 소리가 워낙 크기도 했고, 중요한 회의로 누구도 들여보내지 말라 언질을 해두어서 그렇다.

장로 중 누군가가 노기를 띠며 화를 내려 했으나, 그 전에 제갈문이 심상치 않은 걸 느끼고 얼른 제지했다.

"무슨 일이냐?"

제갈문의 물음에 전령은 헥헥 하고 숨을 고르더니, 침을 꿀꺽 삼키며 소식을 전했다.

"호남부터 시작하여 사도련 영역에서 대거 병력이 집결한 걸 확인, 북진하고 있다는 소식입니다!"

"설마……!"

장로진들도 그제야 안색을 바꾸었다. 여기저기서 침음성이 흘러나왔다.

수혜사태가 전령을 바라보면서 '올 것이 왔구나.' 라곤 중얼거렸다.

"정사대전(正邪大戰)!"

〈다음 권에 계속〉

DREAMBOOKS

DREAMBOOKS